E-Z DICKENS SUPERHÉROE LIBRO CUATRO
SOBRE HIELO

Cathy McGough

Stratford Living Publishing

Para superhéroes cotidianos.

Contents

"No puedes vencer a la persona que nunca se rinde".

Babe Ruth

PROLOGO

AL DÍA SIGUIENTE HABÍA colegio, pero ante la inminencia del fin del mundo ni E-Z ni Lia tenían intención de ir.

"Tengo un mal presentimiento", dijo Lia.

Era la hora del desayuno y E-Z y ella estaban solas. Sam y Samantha seguían durmiendo, al igual que los gemelos Jack y Jill.

"¿Qué clase de mal presentimiento?", preguntó metiéndose más cereales en la boca.

"¿Te acuerdas de anoche, cuando me pareció oír algo?".

"Sí, pero dijiste que era una falsa alarma. Que los sonidos desaparecieron y todo volvió a la normalidad".

"Lo hizo y no lo hizo. Es difícil de explicar. Oí que Rosalie me llamaba y luego dejó de hacerlo. No volvió a intentarlo, así que pensé que todo iba bien. Pero ahora estoy preocupada porque he intentado localizarla y no he podido. No ha respondido a ninguno de mis mensajes. Creo que deberíamos ir a ver cómo está. Por si acaso. Me tranquilizará saberlo. Si no, hoy no podré hacer nada".

"¿Quizá está durmiendo hasta tarde? O se ha quedado sin batería en el móvil". Terminó su vaso de zumo de naranja y se retiró de la mesa. Puso los platos en el lavavajillas.

"Puede ser. Pero aun así me gustaría verla".

"Vamos a visitarla, para tranquilizarte", dijo mientras pedía un taxi. "Espero que nos dejen entrar. Al fin y al cabo no somos parientes".

Atravesaron la ciudad y preguntaron por Rosalie en recepción. La mujer preguntó: "¿Sois familia?". Ambos dijeron que no lo eran. "Siéntate, por favor", dijo.

"¿Ves?", susurró Lia. "Parecía cautelosa. Como si ocultara algo".

"Sí, yo también lo vi. Pero quizá nos lo estamos imaginando porque estamos preocupados por Rosalie. Lo único que podemos hacer es esperar e intentar mantenernos ocupados. Estamos aquí y no nos moveremos hasta que veamos que está bien".

Treinta minutos después, seguían esperando y cada vez estaban más inquietas a medida que pasaba el tiempo.

Lia se puso en pie. "No puedo esperar más".

E-Z dijo: "¡Vaya! Espera un momento". Volvió a sentarse. "Démosle otros treinta minutos antes de que nos volvamos locos con ellos".

"¿Qué significa volverse loco? preguntó Lia.

"Se me olvida que no eres de aquí. Significa atacar algo con todas tus armas. Como último recurso. Es una forma de hablar, claro. Aunque algunos carteros se lo han tomado al pie de la letra".

"Seguro que si fuéramos adultos ya nos habrían hablado. A veces odio ser un niño".

"Tiene sus ventajas", dijo E-Z. "Prueba a jugar a algo con el móvil o a leer un libro. Pasará el tiempo y nos ayudarán más si somos pacientes".

"Ojalá hubiera traído los auriculares. Podría haber escuchado los nuevos temas de Taylor Swift".

"Toma", dijo. "Te presto los míos".

Pasaron otros treinta minutos y E-Z volvió tranquilamente al mostrador. Lia se quedó atrás, escuchando música. Miró hacia atrás. Tenía los ojos cerrados. Ni siquiera se había dado cuenta de que se había ido.

"Eh, ¿se sabe algo de cuándo podremos ver a Rosalie?", preguntó.

"Lo siento, alguien va a salir a verla. Sabe que estás aquí esperando". La mujer tecleó en su teclado. Cuando E-Z no se apartó, hizo un segundo intento para animarle. "He hablado personalmente con mi Directora. Saldrá para hablar contigo en cuanto pueda. Por favor, únete a tu amigo". Hizo un gesto con la mano en dirección a Lia, que estaba ocupada con su teléfono.

E-Z volvió al lado de Lia, de mala gana. Observó cómo la gente se arremolinaba. Algunos eran residentes que empujaban andadores. Unos pocos iban en silla de ruedas, empujados por asistentes, mientras otros golpeaban las ruedas por sí mismos. La mayoría de los residentes sonreían en su dirección, unos pocos saludaban con la mano. Se preguntó cuántos de ellos recibían visitas con regularidad. Esperaba que la mayoría sí.

Al abrirse y cerrarse las puertas, le llegó a la nariz el olor del almuerzo y le rugió el estómago. Se preguntó qué manjares comerían hoy los residentes. Quizá pescado y patatas fritas. Tal vez un pastelito a la mode. Deseó haber desayunado más fuerte cuando Lia le devolvió los auriculares.

"¿Ha habido suerte acelerando las cosas? Me muero de hambre".

"Yo también y no mucho. Ha dicho que el gerente estará pronto con nosotros, pero no entiendo por qué Rosalie no viene a vernos ella misma. ¿Cuál es el problema?"

"No siento su presencia aquí", dijo Lia. "Es como si nos hubiéramos desconectado. La música ayudó a distraerme un rato, pero ahora vuelvo a pensar en ella y tengo hambre. No es una buena combinación".

"Te escucho", dijo E-Z mientras una mujer alta con una placa identificativa de Directora General caminaba hacia ellos y se presentaba.

"Me llamo Eleanor Wilkinson y soy la Directora General". Les estrechó la mano. "Tengo entendido que sois amigas de Rosalie. ¿La habéis visitado aquí antes?"

"No, no hemos estado aquí", dijo Lia. "Pero somos amigas de ella, muy amigas. Y estamos preocupados por ella. No ha respondido a mis mensajes ni ha contestado al teléfono".

La Sra. Wilkinson dijo: "Siento decíroslo, pero Rosalie murió en algún momento de la noche. Estamos esperando a que lleguen sus familiares. No viven cerca.

"Les pido disculpas por haberles hecho esperar tanto. Pero necesitaba hablar con ellos antes de hablar contigo. Entiéndelo. Tenemos políticas que seguir".

Lia se dejó caer de nuevo en la silla y rompió a sollozar, mientras E-Z le cogía la mano entre las suyas y permanecían sentados en silencio unos segundos antes de preguntar: "¿Qué le ha pasado?".

"Se está investigando", dijo Wilkinson. "Lo siento, no puedo decirte nada más. A menos que seas de la familia. Siento tu pérdida".

"Ella significaba el mundo para mí", dijo Lia.

"¿Cómo la conociste?" preguntó Wilkinson. "Era una gran mujer. Nos conocimos a través de una amiga", mintió Lia.

"Interesante", dijo Wilkinson, "teniendo en cuenta vuestra diferencia de edad".

"¿Quieres decir porque yo soy una niña y ella no? Quiero decir que no lo era", preguntó Lia enfadada. Se levantó.

"Lo siento, no pretendía molestarte. Por supuesto, a muchos residentes de aquí les encantaría tener amigos con los que charlar. Sobre todo niños con intereses como vosotros, a los que podrían contar sus historias vividas. Así, no serán olvidados cuando se hayan ido".

"Siempre recordaremos a Rosalie", dijo E-Z.

"¿Podemos verla, para despedirnos?" preguntó Lia.

"Me temo que eso está descartado. Tenemos procedimientos. Pero si dejáis vuestros datos, un número de teléfono en recepción, podemos llamaros. Para informarte de cuándo será el velatorio y el funeral".

E-Z dejó su número de teléfono en la recepción. Estaban a punto de subir a un taxi cuando se acordó del libro.

"Espera aquí", dijo. "Ahora vuelvo".

Se acercó a la recepción.

"Lo siento, pero no podemos aceptar la muerte de nuestra amiga Rosalie. No a menos que al menos uno de nosotros la vea. La Sra. Wilkinson dijo que no podíamos entrar, pero ¿podría asomar la cabeza por la habitación? No me quedaría mucho tiempo. Entonces, ¿puedo decirle a mi amiga que he visto a Rosalie y puedo confirmar que ya no está con nosotros? Ha pasado por muchas cosas, con la pérdida de los ojos y todo eso. Le aliviaría saberlo con certeza por alguien que conoce y en quien confía".

"Ah, pobrecita. Comprendo. Ven conmigo", dijo la mujer. Cuando estuvo al otro lado del mostrador, pidió a una compañera que la cubriera. "Ahora vuelvo", dijo.

E-Z la siguió hasta el corazón de la residencia de ancianos. Era luminosa, no deprimente como había oído que podían ser este tipo de residencias, pero muy silenciosa. Probablemente porque todos estaban disfrutando del almuerzo en la cafetería. Su estómago volvió a rugir.

"Todo el mundo está en el comedor", dijo la mujer como si supiera lo que estaba pensando. "Es día de pescado y patatas fritas con gelatina roja y nata montada para después. Una comida inmensamente popular en la que todo el mundo quiere participar. Cualquier otro día sería imposible dejarte entrar porque habría demasiada gente dando vueltas".

"Seguro que huele bien", dijo E-Z. "Y gracias por tu ayuda, yo, nosotros, te lo agradecemos de verdad".

Se detuvo y abrió la puerta de un tirón.

"Ésta es la habitación de Rosalie. Esperaré aquí. Tienes dos minutos o menos si alguien me ve".

"Gracias de nuevo", dijo E-Z, mientras la puerta se cerraba tras él. Olía raro, como si hubiera habido una hoguera. Miró por la habitación en busca de cámaras. Que él supiera, no había ninguna.

Bajo la sábana blanca, su amigo estaba cubierto de pies a cabeza. Se acercó, luchando contra el impulso de huir, pero necesitaba saberlo con certeza, verlo con sus propios ojos. Tiró de la sábana y vio cómo caía al suelo como un fantasma.

Inmediatamente un olor asaltó sus fosas nasales. Como una barbacoa. A carne quemada. Y vio el brazo de Rosalie colgando, cubierto de quemaduras y ampollas. ¿Qué le había ocurrido? ¿Quién y por qué le había hecho algo tan terrible?

Apartó la silla y miró alrededor de la habitación, que estaba impecable, sin rastro de fuego. No podía haber ocurrido aquí. Si no, ¿dónde? ¿La trasladaron a esta habitación, después?

La mujer de la puerta llamó. "¡Por favor, date prisa!", dijo.

Abrió el cajón de su mesilla de noche. Allí estaba. El libro del que Rosalie les había hablado. En el que había anotado la información sobre los otros niños.

"Se acabó el tiempo", dijo la mujer.

E-Z se echó el libro a la espalda. Pulsó el botón para que se abriera la puerta y volvieron a la recepción.

"Gracias", dijo. "De parte de mi amigo y mía. Nos has dado paz. Por favor, haznos saber cuándo se celebrará el funeral y el velatorio. Ah, una cosa más, me he dado cuenta de que tenía quemaduras en el cuerpo. ¿Algún otro residente resultó herido en el incendio?"

"Vaya", dijo la mujer. "No lo sé. No he oído nada sobre un incendio. No he visto el cadáver; me refiero a Rosalie en persona. Sólo me han dicho que ha fallecido. No sé nada de los detalles".

"No pasa nada", la tranquilizó E-Z. "No diré nada. Te agradezco todo lo que has hecho. Gracias".

"Aquí no hubo ningún incendio", dijo ella. "No saltó ninguna alarma, que yo sepa. No llamaron a ningún coche de bomberos. Vaya".

E-Z saludó y se apartó del mostrador. La mujer seguía divagando. Pensó que lo mejor era salir de allí.

El conductor ayudó a E-Z a sentarse en el asiento trasero junto a Lia, que esperaba, y luego guardó la silla de ruedas en el maletero del vehículo.

"Has tardado un montón", se quejó Lia. "¿Qué es eso?

Intentó agarrar el libro, pero E-Z no lo soltó. Se dio cuenta de que la tarifa del parquímetro ya era más dinero del que llevaba encima.

"No se podía evitar. Miré a hurtadillas a Rosalie. Y cogí esto. Es el libro del que nos habló. Lo miraremos cuando estemos en casa". Susurró: "¿Tienes dinero?".

Entre los dos no tenían suficiente para pagar el taxi.

"Tendrás que pedirle a tu madre o al tío Sam que nos echen una mano", dijo, mientras el conductor se detenía ante la casa.

El conductor ayudó a E-Z a sentárse en su silla, mientras Lia corría dentro. Salió con dinero suficiente para pagar el billete y el conductor se alejó.

"Sam me dio el dinero".

"¿Preguntó para qué era?"

"No, pero espero que lo haga".

Dentro, Sam y Samantha se arremolinaban en la cocina. Intentando preparar apresuradamente el desayuno mientras los gemelos les daban serenatas con gritos hambrientos.

"¿Por qué no estáis en el colegio?" preguntó Sam.

"Te lo explicaré más tarde. ¿Podemos ayudar?"

"No, pero gracias", dijo Samantha. Empezó a dar de comer a Jack.

Sam asintió y se puso a dar de comer a Jill.

E-Z y Lia entraron en su habitación y cerraron la puerta. Alfred estaba leyendo el periódico.

"Rosalie ha muerto", soltó Lia, luego cayó de rodillas y sollozó, mientras E-Z la rodeaba con el brazo y Alfred corría a su lado. Los Tres se abrazaron y lloraron hasta que ya no les quedaron lágrimas.

"¿Qué tienes ahí?" preguntó Alfred.

"He cogido el libro".

Lia lo cogió, luego se levantó y lo sostuvo contra su pecho como si estuviera abrazando a su amiga, en lugar de eso lo vio todo. Rosalie en La Habitación Blanca. Las Furias en la Habitación Blanca con ella. Libros ardiendo. Estantes cayendo. Fuego por todas partes.

Lia cayó de rodillas.

"Fue muy valiente. Muy valiente".

"¿Viste el fuego?" preguntó E-Z. "¿Qué ocurrió?"

"¿Sabías lo del incendio?"

Asintió con la cabeza.

"¿Por qué no me lo dijiste?" Ella ya sabía la respuesta a la pregunta. Él la estaba protegiendo de la verdad. "Cuando toqué el libro, lo vi todo. Rosalie estaba en la Habitación Blanca. Y Las Furias estaban allí con ella. Querían que les hablara de nosotros y de los otros niños. La torturaron, pero no cedió".

"¿Por qué no nos llamó?"

"Lo intentó. No sabía si era de vida o muerte. Se me pasó, así que pensé que todo iba bien".

"No es culpa tuya", dijo E-Z.

"Murió sola, bajo las estanterías, con los libros ardiendo a su alrededor. No merecía morir así. Nadie merece morir así". Sollozó entre las manos.

"Pobre Rosalie", dijo. "Podría haberme invocado. Ya lo hizo antes. ¿Por qué no me invocó?

"Porque te habría puesto en peligro. Murió protegiéndonos".

"Entonces, ¿Las Furias intentaron sonsacarle nuestros nombres y los de los otros niños, y ella se sacrificó para salvarnos? Para guardar nuestro secreto. Qué mujer tan increíble era Rosalie. Nunca la olvidaremos, jamás -dijo Alfred mientras luchaba contra las lágrimas. "Se merece una medalla. Una medalla de honor".

"Un momento, ¿quizá le impidieron llamarnos?". dijo E-Z.

"Me envió un SOS, pero ya lo había hecho antes. Una vez lo hizo cuando se les acabó el té en casa y quería desahogarse. No sabía que ese SOS significaba que su vida corría peligro".

"No podías saberlo. Ninguno de nosotros podía. No podemos culparnos". Los tres se quedaron callados. "Un momento, echemos un vistazo al libro".

"Es todo lo que nos dijo que sería. Una lista completa, con detalles sobre todos los niños que son como nosotros. Menos mal que Las Furias no le han puesto las manos encima".

"¡Eh, espera un momento!" dijo E-Z. "La mera idea de que la torturaran para averiguar información sobre nosotros y los demás significa que Las Furias saben que todos nosotros existimos. Eso significa que esos chicos están ahí fuera, completamente solos, ¡y ni siquiera saben lo que se les viene encima!

"Tenemos que llegar a ellos primero. Porque es sólo cuestión de tiempo que -sepan lo que sepan de nosotros, ellos- averigüen dónde están".

"¿Y si se trata de una trampa, para que conduzcamos a Las Furias directamente hasta ellos?". preguntó Alfred.

"No creo que sepan dónde encontrarnos, de lo contrario estarían aquí, ¿no?". preguntó E-Z. "Tenían el factor sorpresa. Al matar a Rosalie, han dado un chivatazo. Nos han hecho saber que saben algo... probablemente para meterse en nuestras cabezas porque estamos al mando" "¿Y los otros chicos?"

preguntó Lia. "¿Cómo vamos a llegar hasta ellos, sin delatarnos nosotros mismos?".

"¿Hadz? ¿Reiki?" llamó E-Z. "Si puedes oírme, necesitamos tu aportación y tu ayuda".

POP.

POP.

"¿Sabéis algo de Rosalie?" preguntó.

"Sí, lo sabemos, y es una triste, triste historia que contar", dijo Hadz, secándose las lágrimas con las alas. "La torturaron aquí, en la Habitación Blanca. Y por si fuera poco, la destruyeron totalmente y todo lo que había en ella. Todos esos hermosos libros alados desaparecieron. Rosalie, desaparecida. Desaparecidos". Ya no podía hablar a causa de los sollozos.

"Ya está, ya está", dijo Reiki. "Y eso no es todo. No sabemos qué le pasó al alma de Rosalie".

"Espera, su cuerpo está en la cama de su habitación, al otro lado de la ciudad, en la residencia de ancianos. ¿Quizá su alma esté allí con ella?" Preguntó E-Z.

Reiki dijo: "¿Tienes algo sellado, cerrado, del aire, de todo? Si es así, por favor, ve a buscarlo inmediatamente - luego iremos a ver si el alma de Rosalie está con ella. La convenceremos para que entre en el contenedor, temporalmente, hasta que averigüemos dónde está su Atrapaalmas. Espero que esas Furias no se la hayan llevado".

E-Z salió corriendo hacia la cocina, donde Sam y Samantha estaban ocupadas dando de comer a los gemelos. "¿Todavía tenemos ese termo grande?".

"Sí, está en el armario encima de la nevera", dijo Sam, y luego arrulló a su hijo.

"Gracias", dijo E-Z, mientras se dirigía a su habitación. "¿Servirá esto?"

Los dos tuvieron que cargar con el recipiente.

"¡Espera!" gritó Alfred, justo a tiempo de alcanzarlos antes de que Hadz y Reiki salieran. "¿Quizá yo pueda ayudar? Tengo poderes curativos. Llévame contigo. Déjame intentarlo. Por favor".

POP

POP

FIZZLE

Y los tres desaparecieron, aterrizando en la habitación de Rosalie.

"Ahí está", dijo Alfred, saltando sobre la cama, con cuidado de no pisarla con sus patas palmeadas. Con el pico, levantó la sábana, mientras Hadz y Reiki revoloteaban cerca.

"¿Qué va a hacer?" preguntó Reiki.

"Shhhh", dijo Hadz.

Alfred puso el pico sobre la frente de Rosalie y le tocó el corazón con una de sus alas. No ocurrió nada.

"Déjame probar otra cosa", dijo el cisne. Esta vez se cernió sobre el cuerpo de Rosalie, con la frente pegada a la suya. De nuevo nada.

"Has hecho todo lo que has podido", dijo Hadz, "ahora tenemos que asegurar su alma. Sal, sal de donde quiera que estés".

Y sin más, el alma de Rosalie se dirigió hacia ellos.

"Estarás a salvo aquí dentro", dijo Reiki, mientras el alma era introducida en el contenedor, y luego la tapa se cerraba con firmeza.

POP.

POP.

FIZZLE.

"¿Pudiste ayudarla?" Preguntó Lia, pero ya sabía la respuesta por la mirada de Alfred. Le abrazó: "Estoy segura de que hiciste todo lo que pudiste".

"Realmente lo hizo", dijo Hadz.

"Sin embargo, su alma está a salvo aquí... nadie debe abrirla. Hay que mantenerla a salvo hasta que el Atrapaalmas esté preparado para cogerla".

"¿Quizás deberías llevarla contigo?" dijo Alfred. "Y gracias por dejarme intentarlo".

En la habitación de E-Z, Los Tres formularon un plan para reunir a los otros niños. Se decidió que E-Z viajaría a Australia, a por Lachie, también conocido como El Niño de la Caja. Alfred se dirigiría a Japón, donde recogería a Haruto, el niño que había sido abandonado en el bosque. Por último, pero no por ello menos importante, Lia viajaría por EEUU para recoger a Brandy, la chica que podía volver a la vida.

Sus misiones estaban claras; lo que harían cuando llegaran allí, no. Los Otros tenían edades diferentes, culturas diversas, idiomas distintos. Algunos requerirían el permiso de sus padres, y otros no.

"Me pregunto qué les habrá contado Rosalie sobre nosotros". preguntó Lia.

"Podemos preguntarles, cuando los veamos", sugirió Alfred.

"Mientras tanto, tenemos maletas que hacer y planes que hacer. Yo iré en mi silla, pero vosotros dos tenéis opciones. Decidid lo que más os convenga y poned vuestro plan en marcha. Confío en que tomaréis la decisión correcta y el tiempo corre".

"Me alegro de que digas eso -dijo Lia-, porque no estoy segura de querer ir allí en avión. Estoy pensando que Little Dorrit podría ser la mejor opción, pero no estoy segura de que a ella le entusiasme. Irá con un pasajero y volverá con dos".

"Yo tampoco estoy seguro", dijo Alfred. "Podría volar hasta allí por mi propia voluntad, pero como Haruto es muy joven, tendría que acompañarle en el avión, a menos que sus padres también vinieran. Además, tengo que preocuparme por las inclemencias del tiempo, y el trayecto es largo".

"Como he dicho, vosotros dos decidid lo que más os convenga. Alfred, si decides volar en avión, pídele al Tío Sam que te organice los detalles".

Los Tres se prepararon para reunir a todos los niños. Luego planearían -derrotar a esas malvadas Furias. Aunque fuera el último plan que hicieran.

CAPÍTULO 1
AUSTRALIA

E-Z FUE EL PRIMERO del equipo en salir de Norteamérica. Surcando el cielo en su silla de ruedas, disfrutó de la libertad que le permitía el aire libre.

La mera idea de guardar su silla de ruedas en un avión le daba escalofríos. ¿Y si se perdía? ¿O se destruía? No era un riesgo que mereciera la pena correr. ¿Abandonaría Batman su Batmóvil? Jamás.

Aunque estaba bastante seguro de que tendría que coger un avión de vuelta con Lachie. No estaría bien obligar al chico a volar solo. ¿Quizá harían una excepción con él y le dejarían volar en su silla de ruedas? Valdría la pena preguntar. Ya cruzaría ese puente cuando llegara a él. Además, no quería ni PENSAR en la comida del avión. Menos mal que ahora llevaba la comida empaquetada.

Jugó a los muñecos con las nubes, y una o dos veces las atravesó. Pero tenía que concentrarse. Al fin y al cabo, Australia estaba al otro lado del mundo.

Las notas de Rosalie sobre el chico de la caja no fueron tan útiles como él esperaba. Había leído sobre su historia en Internet. Lo que más le llamó la atención fue que el chico ahora prefería los animales a las personas. Tenía sentido, después de todo lo que había pasado.

El pobre chico estaba tan destrozado cuando lo encontraron, que había olvidado cómo hablar. E-Z sabía que la crueldad existía en el mundo, pero esto era inenarrable.

E-Z tenía muchas preguntas para las que esperaba encontrar respuestas, como ¿dónde estaban los padres de Lachie? ¿Quién alimentaba y limpiaba su jaula? ¿Quién lo metió allí? ¿Por qué?

El artículo decía que habían enviado reporteros para que sacaran fotos del chico, para ver cómo estaba, pero los animales no les dejaban acercarse. Incluso cuando intentaron utilizar un teleobjetivo. Las urracas les atacaron y bombardearon. Vio unos cuantos vídeos de ataques de urracas: era como algo salido de la película de Hitchcock Los pájaros. Al final, una de las urracas salió volando con el objetivo del reportero. Después de eso, dejaron solo al chico.

E-Z esperaba poder ganarse la confianza del chico. Y que sus amigos los animales también confiaran en él. Si no, su viaje sería inútil. Bueno, en realidad no sería inútil si conociera al chico y hablara con él. ¿Querría ayudar a los demás, después de cómo le habían tratado? Sólo el tiempo lo diría.

Volaba sobre el océano Atlántico. Ya había sobrevolado esa ruta antes, y fue allí donde conoció a Alfred por primera vez. El teléfono que llevaba en el bolsillo vibró; echó un vistazo y vio un mensaje de Lia.

"Sólo quería decirte que viajo con Little Dorrit".

"¿Has decidido no volar -en avión- después de todo?".

"La Pequeña Dorrit apareció y está en mi agenda".

"Parece un plan". Envió un emoji de pulgar hacia arriba.

"¿Dónde estás?", preguntó ella.

"Justo al otro lado del Atlántico. Agua, agua y más agua".

Se desconectaron y él aceleró el paso, cruzando África, donde divisó Robben Island, la prisión en la que habían encerrado a Nelson Mandela durante casi treinta años.

Le rugió el estómago; no le apetecía el bocadillo que llevaba en la mochila. Así que se detuvo en Ciudad del Cabo y esperó poder utilizar su tarjeta bancaria para comer algo. Vio un cartel de un lugar que vendía "Pescado y patatas fritas tradicionales" con una bandera británica y que aceptaba tarjetas bancarias. Llevó su comida preparada y voló hasta la cima de Lion's Head. Cuando terminó de comer su comida, que estaba deliciosa, se hizo un selfie y luego continuó su viaje.

"Despiértame dentro de dos horas", dijo a su silla de ruedas, que vibró y aceleró. Cuando volvió a despertarse, estaba cruzando el océano Índico. La enorme población de estrellas que le rodeaba le hizo sentirse menos solo. Siguió viajando, sintiéndose triunfante de que ya casi había llegado cuando vio el sol en el horizonte abriéndose paso por el cielo para marcar el comienzo del nuevo día.

Y allí estaba, delante de él, la costa de Australia. Entusiasmado por verla por sí mismo, aceleró el paso y se dirigió hacia ella. Al darse cuenta de que tenía mucha sed, metió la mano en la mochila y sacó una botella de agua que vació. Volvió a guardar la botella vacía en la mochila para deshacerse de ella más tarde, y aunque aún estaba bastante lleno del pescado y las patatas fritas que había comido antes. Decidió comer el bocadillo de jamón y queso que le había preparado el tío Sam.

Voló por encima de Australia Occidental, sintiendo ahora el calor se quitó la sudadera y la metió en la mochila. Siguió adentrándose en The Outback, en el Territorio del Norte, preguntándose dónde debía aterrizar exactamente, cuando un pajarillo diminuto con plumas de tonos azules acentuadas con un anillo negro alrededor del cuello voló hacia él.

"Sígueme, E-Z", le dijo. "Te he estado buscando".

"¿Qué eres?", preguntó él.

"Soy un reyezuelo de las hadas", dijo ella. "Vamos, está esperando".

Un grupo de buitres los acompañaba.

"No te preocupes", dijo el chochín hada. "Son nuestros escoltas".

Observó la forma única en que se movían las rayas blancas de los buitres de pecho negro. Había oído hablar de la poesía en movimiento, y ahora sabía exactamente lo que significaba aquella frase.

Entonces vio al chico. Estaba debajo de ellos, saludando. E-Z le devolvió el saludo. Aparte del hecho de que estaba sentado sobre el lomo de un pájaro excepcionalmente grande, parecía un niño cualquiera.

"Bienvenido a Australia", dijo. "Pronto oscurecerá, así que sígueme. Por cierto, puedes llamarme Lachie".

"¡Encantado de conocerte, Lachie! Estoy deseando ver más de tu fabuloso país. Ojalá pudiera quedarme más tiempo".

"Estos son los Bosques de la Sabana", dijo el chico. "Respira hondo y notarás el aroma del eucalipto".

"Sí, huele de maravilla", dijo E-Z.

Siguieron viajando, por el país de las piedras, por las llanuras aluviales y los billabongs. Por fin, llegaron a su destino, en The Outliers.

"Aquí es donde vivo", dijo el niño. "El Parque Nacional de Kakadu es el mayor parque nacional terrestre de Australia, con más de 20.000 kilómetros cuadrados de terreno. Vivo aquí con las plantas y los animales". El chochín hada se posó en su cabeza. "Oh, otra vez estás cansado", dijo el niño con una sonrisa. Luego a E-Z: "A menudo necesita que la lleven".

Cuando llegaron a una zona que parecía un campamento, el chico dijo: "Bienvenido a mi casa".

"Gracias", dijo E-Z. "Me vendría bien una ducha, o un baño y tengo que hacer pis".

"He desenterrado una letrina, allí detrás del árbol. Estarás suficientemente seguro. Luego te enseñaré dónde está la cascada, para que puedas asearte".

"Una cascada, ¿eh? ¿Hay cocodrilos por ahí?".

"Hay cocodrilos... pero están acostumbrados a que utilice la cascada. Si quieres, te acompaño la primera vez".

"No, tengo alas y mi silla también. Saldremos volando si oímos algún chapoteo fuerte".

"Goodo", dijo el más joven. "Simplemente flota en el agua que cae -no aterrices- y estarás bien. Mientras tanto, reuniré algo de comida para la cena. Si necesitas ayuda, grita y vendré corriendo".

A medida que se acercaba a la cascada, se fijó en las señales, muchas de ellas con PELIGRO y ADVERTENCIA. Una decía que había cocodrilos de agua dulce y salada. Qué asco.

"¡Arriba, a la cima!", le dijo a su silla. Se metió directamente en el agua, boca abajo, y se quedó sentado disfrutando de ella mientras caía sobre él y a su alrededor. Al principio hacía frío, pero cuando se acostumbró, se sintió bien.

Mientras miraba a su alrededor, pensó en el emú en el que le había encontrado el chico. Le parecía extraño que un pájaro de su tamaño, con aquellas enormes alas, no pudiera volar. Leyó en Internet sobre aves que no podían volar. Le sorprendió ver kiwis, junto con emús, avestruces, pingüinos, casuarios y ñandúes en la lista. Leyó en Internet que el ADN de los ñandúes había cambiado, por lo que ahora no pueden volar. Se sintió un poco culpable de que él, un niño, pudiera volar cuando esas hermosas aves no podían.

Cuando estuvo limpio y con ropa nueva, se dirigió al chico, que estaba preparando la comida.

"Esto es una ciruela macho cabrío".

E-Z le dio un mordisco. Tenía un sabor increíble.

"Ésta es una manzana roja de arbusto, y éstas son grosellas negras".

E-Z se lo comió todo y le encantó.

"Ése era nuestro postre, tengo que preparar el plato principal". El chico cavó y cavó, y luego dio con una olla que estaba demasiado caliente para que pudiera manejarla. Cuando quitó la tapa con un palo, el olor de lo que había cocinado hizo que a E-Z se le hiciera la boca agua.

"Esto son mejillones", dijo el chico, poniendo un poco en una hoja.

"Están buenísimos. Nunca había probado los mejillones".

El sol caía del cielo. "Hora de dormir", dijo el chico.

"Gracias de nuevo por hacerme sentir tan bienvenido". E-Z bostezó. Hasta entonces, no se había dado cuenta del tiempo que llevaba despierto.

"Dormirás ahí arriba", señaló hacia arriba, hacia un árbol en el que había una casa en el árbol y una escalera de cuerda que bajaba. "Puedes subir volando, ponte el freno para no moverte mientras duermes. Mi habitación está allí", señaló otro árbol con una cuerda que bajaba y una casa en lo alto.

"Duerme ahora", dijo Lachie. "Lo resolveremos todo por la mañana.

CAPÍTULO 2
JAPÓN

ALFRED PODRÍA HABER SIDO dejado por E-Z de camino a Australia. En lugar de eso, decidió volar a la manera humana tradicional: en avión.

Sam tuvo que negociar para convencer a la compañía aérea de que le diera un asiento al cisne trompetista. Y mucho menos uno en Primera Clase. Sam utilizó sus contactos en el trabajo para ayudar a Alfred a viajar con estilo.

En la cabina, con auriculares y su pajarita de la suerte, Alfred se sentía como en casa. Estaba relajado y el auxiliar de cabina era atento. Aun así, estaba impaciente por llegar a Japón. Y a conocer al chico llamado Haruto.

Alfred tenía la mochila guardada cerca y dentro llevaba unos cuantos tentempiés. Esperaría a tener mucha hambre antes de hincarle el diente a sus bolsas de arroz salvaje y apio silvestre. Junto con la comida, llevaba una batería de reserva para su teléfono y la tarjeta de crédito de Sam con una carta de consentimiento para que pudiera utilizarla.

Mientras miraba por la ventana cómo pasaban las nubes, pensó en Haruto. Según las notas de Rosalie, era mucho más joven que los demás niños. Y no tenía ni idea de cuáles eran sus poderes, suponiendo que los tuviera.

El plan de Alfred consistía en explicárselo todo primero a los padres de Haruto y, con suerte, convencerlos. Luego, entrar en más detalles sobre cómo podría ayudar Haruto, una vez que confirmara su área de especialización, es decir, qué poderes tenía.

Lo difícil sería convencerles de que permitieran a su hijo viajar al extranjero. Pagar no era un problema: Sam dijo que para eso debería utilizar su tarjeta de crédito. Pero convencerles de que dejaran que un cisne se llevara a su hijo a Norteamérica sí que sería difícil.

Se recostó en el asiento y éste se reclinó.

"¿Desea algo?", preguntó la guapa azafata.

Era una suerte que los humanos pudieran entenderle ahora. Le hacía la vida mucho más fácil, ya que no necesitaba traductor.

"Una taza de té me encantaría", dijo Alfred. "En un cuenco", añadió. "Es difícil meter este pico en una taza de té".

La asistenta sonrió. Momentos después volvió con un cuenco, una bolsita de té, azúcar, leche y otro cuenco de agua más fría. "Por si el té está demasiado caliente", dijo.

"Muy considerado", dijo Alfred.

Dejó que el té se enfriara y siguió mirando por la ventana. Era tan agradable poder sentarse y disfrutar de la vista. Sin tener que preocuparse de las grandes ráfagas de viento, ni de la nieve, ni de la lluvia, ni de los depredadores.

Por último, bebió su té con un poco de leche y azúcar, y luego se durmió.

Se despertó con el anuncio de que los auxiliares estaban preparando a los pasajeros para el aterrizaje. ¡Había dormido durante todo el vuelo!

A través de la ventanilla tenía una vista completa del aeropuerto de Haneda. A su alrededor vio montones y montones de hierba fresca para comer. Probó un poco y dejó el arroz y el apio para más tarde.

Más lejos, estaba la silueta de la montaña más alta de Japón: el monte Fuji. Sam había tenido razón, sentarse en el lado izquierdo del avión era el mejor lugar para ver lo que se conocía como el corazón de Japón.

"¿Sabías que hay una plataforma de observación, en la quinta planta? Desde allí podrías ver mejor el monte Fuji", le dijo el asistente a Alfred.

"Ojalá tuviera más tiempo, pero gracias. Quizá a la vuelta".

Los asistentes le permitieron salir primero del avión. Hicieron cola para despedirse de él, como si fuera una estrella del rock.

Como Alfred sólo llevaba su maleta de mano y los cisnes no tienen pasaporte, salió del aeropuerto en busca de un taxi.

Antes del viaje había buscado en Internet cómo contratar un taxi en Japón. La información decía que debía buscar una pegatina roja en la esquina inferior derecha de los parabrisas de los taxis. Esta pegatina roja confirmaba que se podía alquilar un taxi.

Cuando encontró uno con la pegatina, se puso muy contento. Voló hasta la ventanilla abierta y le dio al conductor una nota con el pico. La nota indicaba dónde tenía que ir. El conductor era amable y no le importó transportar a un cisne como pasajero. Pulsó un botón del volante que abrió la puerta trasera para que Alfred pudiera subir. El conductor cerró la puerta y se pusieron en marcha.

Haruto y su familia vivían en la segunda ciudad más grande de Japón, llamada Yokohama. Aunque intentó contemplar las vistas, incluido el horizonte, sólo podía pensar en cómo iba a convencer a Haruto y a su familia para que se implicaran en su lucha contra Las Furias.

El teléfono de su mochila vibró. Metió la mano dentro; era un mensaje de E-Z.

"Ahora con Lachie. ¿Cómo te va en Japón?

Tecleó con el pico, una hazaña que se había enseñado a sí mismo al viajar solo a Japón. También era rápido y no cometía muchos errores tipográficos.

"Ahora estoy cerca de Yokohama en taxi. Espero llegar pronto a casa de Haruto".

E-Z le envió un emoji de pulgar hacia arriba.

Al hijo de Alfred le había encantado construir robots Gundam. En Yokohama se estaba construyendo un robot gigante. Cuando estuviera terminado, tendría una altura de 59 pies, descubrió al leer sobre él en Internet. A su hijo le habría encantado visitar Japón para verlo. Desde que murieron, Alfred intentaba no pensar en ellos porque le entristecía. Pero hoy, aquí en Japón, decidió ver todo lo que pudiera, como si su familia estuviera a su lado. La vida era demasiado corta, incluso como cisne, para estar triste todo el tiempo.

El conductor se detuvo ante una casa ajardinada con escalones con flores a ambos lados de la barandilla. El conductor abrió la puerta y Alfred salió. Subió unas escaleras, se detuvo y comió la hierba que abundaba a ambos lados de la escalera. El aire era fresco y perfumado y el jardín privado de la parte delantera de la casa era precioso. Casi en la cima, se dio cuenta de que la zona delantera que rodeaba la casa era muy acogedora, con una fuente de agua en forma de búho a la izquierda, cerca Jde la entrada. Sin embargo, la propia casa tenía todas las persianas bajadas, como si no hubiera nadie. Esperaba que hubiera alguien allí para recibirle. Le apetecía un tentempié y descansar un poco.

Llamó a la puerta con el pico. Una voz emanó de una caja situada cerca del centro de la puerta, a la que no podía llegar sin alzar el vuelo, cosa que hizo.

"Me llamo Alfred", dijo.

La puerta se abrió y una anciana le indicó que entrara. La siguió, preguntándose si algún miembro del equipo se habría puesto en contacto con la familia para presentarse antes de su llegada.

Continuó siguiéndola, pues el sonido de sus pies palmeados golpeando el suelo de madera era lo único que se oía. El interior de la casa estaba lleno de madera, y fragantes orquídeas llenaban el aire. La anciana lo condujo a la sala de estar, que estaba llena de muebles, en su mayoría de cuero. Las persianas de la parte trasera de la casa estaban abiertas, y él contempló la exuberante vegetación del jardín trasero. Ella señaló una silla y él se sentó en ella.

Acababa de ponerse cómodo cuando la mujer regresó a la habitación con una bandeja llena de té caliente y humeante y algunos pasteles. Era casi como si lo hubiera estado esperando; o eso, o en Japón las teteras tardan mucho menos en hervir.

Detrás de ella había un niño pequeño, que se agarró a su pierna y se escondió tras ella. Tenía la edad adecuada para ser Haruto, pero había leído que no se debía llamar a un japonés por su nombre de pila sin permiso. De vez en cuando, el niño miraba a Alfred y volvía a esconderse. Parecía tener cuatro o cinco años como mucho y llevaba una camiseta de Optimus Prime, pantalones cortos y zapatillas en los pies.

"¿Te gusta Optimus Prime?" preguntó Alfred.

El niño sonrió y volvió a su escondite.

La mujer lo espantó para poder servir el té.

Alfred tenía un traductor instalado en su teléfono. Leyó las palabras hola en su pantalla y dijo: "Kon'nichiwa". Se disculpó por su mala pronunciación.

"Es británico", dijo el chico, y cuando lo hizo la mujer mayor soltó una carcajada.

A Alfred le sorprendió lo bien que hablaba inglés aquel muchacho. "Ah, hablas inglés. Y sí, lo soy. Eres listo al haberte dado cuenta de mi acento".

Esta vez el chico miró a la mujer antes de hablar. Ella asintió.

"Padre y madre están trabajando", dijo. "Ésta es mi Sobo" (que traducido significa Abuela) "y me llamo Haruto".

"Hola", dijo la mujer, también en inglés. "Deberías volver más tarde".

"Me llamo Alfred. ¿Puedo llamar a tu Haruto?" El chico asintió, y luego a la mujer: "¿Cómo debo llamarte?".

"Sobo", dijo ella, "todos me llaman Sobo desde que soy la abuela de Haruto soy la abuela de todos. Está contento de compartirme".

Alfred asintió: "Estoy encantado de conoceros a los dos".

"¿Te ha enviado Rosalie?", preguntó el chico.

"¿Te acuerdas de Rosalie?" preguntó Alfred. Estaba supercontento de que tuvieran esta conexión, aunque saber de antemano que Haruto sabía hablar inglés podría haberle ahorrado algo de ansiedad. No obstante, decidió seguir el consejo de la mujer y se levantó para marcharse.

"Mi padre trabaja cerca", dijo Haruto.

"Necesito encontrar un lugar donde alojarme. ¿Puedes recomendarme un lugar cercano?"

La abuela de Haruto le dio a Alfred una dirección con indicaciones sobre cómo llegar andando.

"Llamaré a nuestro amigo que gestiona el hotel. Te ayudará a instalarte y podrás reunirte con mi hijo más tarde en el café".

"Gracias", dijo Alfred.

El paseo hasta el hotel fue corto y disfrutó del aire fresco. Incluso probó un poco de hierba japonesa, que sabía bastante bien, y también bebió unos sorbos de las fuentes.

La habitación era pequeña pero tenía todo lo que necesitaba, y estaba excepcionalmente limpia y bien equipada. En la mesilla de noche había una lámpara, con la base en forma de búho. La encendió y la apagó, notando cómo se le iluminaban los ojos. Se duchó, se puso otra pajarita y se dirigió a la cafetería donde se reuniría con el padre de Haruto.

Su teléfono zumbó; era un mensaje de E-Z otra vez.

"¿Qué tal Japón?"

"Bien", respondió usando el pico para teclear. "He conocido a Haruto y a su abuela. Hablan inglés. Es muy tímido, pero conocía a Rosalie. Era muy joven, quizá cuatro o cinco años. Puede que sea difícil convencer a su familia para que le deje venir a Norteamérica".

"Rosalie sabía que tenía poderes, pero sí, es más joven de lo que pensaba", dijo E-Z. "Es bueno que hablen inglés. ¿Dónde estás ahora?"

"Voy a un café a reunirme con el padre de Haruto. Por cierto, creo que Rosalie no tuvo tiempo de actualizar o completar sus notas sobre Haruto. Se refería a él como a un bebé".

"No estoy seguro de lo preocupados que deberíamos estar en este momento, pero estuve leyendo en Internet: decía que Las Furias pueden adoptar cualquier forma. Sólo compartía la información. Como no podemos reconocerlas, si nos descubren, tendremos que tener cuidado".

Alfred envió un emoji con el pulgar hacia arriba.

"Tengo que irme ya", dijo E-Z.

CAPÍTULO 3
MALOS SUEÑOS

E-Z ESTABA DORMIDO Y despierto. Es decir, podía ver el techo por encima de su cama, sentir el colchón apoyando su espalda. Y, sin embargo, en su cabeza chillaban tres banshees:

"¡Dinos dónde estás!"

"¡Dínoslo!"

"¡Dínoslo AHORA!"

"¡Noooooooooooooo!", gritó.

Entonces, sobre su cabeza, en el techo, había un espejo. Pero la persona que se reflejaba en él no era él mismo. Era su tío Sam. Y en el reflejo, su Tío Sam gritaba y se retorcía de dolor.

"El Tío Sam está en nuestra guarida", chilló la primera bruja.

"¡Y nunca volverá a salir!", reprendieron las otras dos al unísono.

Entonces las tres prorrumpieron en una especie de carcajada, como nunca antes había oído. Los sonidos eran parecidos a los de una hiena, guturales, animales.

"¡Habla!", exigieron las brujas malvadas y pincharon al Tío Sam como si fuera un trozo de carne al que estuvieran preparando antes de hornearlo.

"E-Z", dijo el Tío Sam, con la voz temblorosa como si su cuerpo estuviera en su reflejo. "Sea lo que sea lo que quieran, no se lo des. No importa lo que me hagan, no cedas".

"Si le haces daño", dijo E-Z, "yo, yo...".

"Dinos dónde estás, dónde están todos, y le soltaremos", cantaron juntos con una voz que no habría parecido fuera de lugar en el Hades.

"Sólo necesitamos una pista, o dos", dijo el segundo.

"Infórmanos de quién es quién", dijo el primero.

"O acabaremos con ya sabes quién", dijo el tercero.

Luego se rieron. Sus voces en su cabeza hacían que le doliera tanto. Pero sólo estaba soñando. Tenía que despertarse, AHORA.

"¡Ahhhhhhhhhhhhhhhhhhhh!" Gritó el Tío Sam.

Más risas.

E-Z se despertó y enseguida se dio cuenta de que estaba en Australia con Lachie, no en casa, en su propia cama. Comprobó su teléfono, pero sólo tenía una barra. Seguiría comprobándolo, hasta que tuviera suficientes barras para llamar al Tío Sam. Para asegurarse de que estaba bien. Que había sido una pesadilla y nada más.

Debajo de la casa del árbol, oía a Lachie moverse. Probablemente preparando el desayuno. Era bueno ver la vida del joven. Cómo se había recompuesto después de todo lo que había pasado. Los humanos son extraordinarios.

Lo que estuviera cocinando Lachie olía bien, y su primera inclinación fue volar hasta allí y contarle su pesadilla. Pero algo en el fondo de su mente le dijo que se lo guardara, por ahora. Al fin y al cabo, las Furias no podían saber dónde vivía. Dónde vivían todos ellos. Volvió a comprobar las barras de su teléfono; esta vez ni siquiera una barra. Se lo metió en el bolsillo y bajó volando.

"¿Has dormido bien? preguntó Lachie, echando líquido de una olla sobre el fuego en un cuenco.

E-Z lo aceptó. "Tuve un sueño raro, pero por lo demás, sí. Se está bien ahí arriba. Gracias por ser tan servicial".

"No te preocupes. Hay muchos espíritus aquí fuera. Y sonidos desconocidos para ti. Si quieres hablar del sueño, no dudes en hacerlo", dijo Lachie.

"Quizá más tarde".

"Vale, adelante, a comer. Espero que te gusten las setas".

"Me encantan", dijo E-Z mientras se metía en la boca una gran cantidad de la sopa caliente y humeante. "Está muy buena".

"Espera un momento, se me olvidaba el apagador: eso es pan". Abrió un poco de papel de aluminio que había en el centro de la hoguera y lo partió en cuartos, dándole a E-Z la primera parte.

"¡Es el mejor pan que he probado nunca! ¿Cómo aprendiste a cocinar así?".

"Me enseñaron unos lugareños. Me alegro de que te guste".

Se sentaron en silencio, mientras el sol les sonreía desde lo alto del cielo. E-Z intentó no pensar en su pesadilla. Sacó el teléfono del bolsillo y volvió a comprobar los bares. Apenas una. Le encantaba la tecnología, cuando funcionaba.

"Ahora que tienes la barriga llena, hablemos de por qué estás aquí", dijo Lachie. "Sobre todo, de cómo puedo serte de ayuda".

E-Z no habló, sino que volvió a mirar su teléfono con el corazón esperanzado. A Lachie no pareció molestarle, pues estaba arrancando otro trozo de amortiguador. Finalmente, se recompuso y centró su atención en el asunto que tenía entre manos.

"Lo siento, mis pensamientos estaban a un millón de kilómetros de distancia".

"No hay problema. ¿Quieres más damper?"

"No, estoy bien. En primer lugar, me gustaría saber qué te ha contado Rosalie sobre nosotros tres. Es decir, Alfred, Lia y yo".

"Sí, me lo contó todo sobre vosotros tres. Fue como si estuviera aquí conmigo, contándome un cuento para dormir. Cuanto más me contaba, más ganas tenía de conoceros, de ayudaros".

"Me alegra saber que quieres ayudar. Pero déjame que te cuente los detalles antes de que te comprometas. No va a ser un camino fácil para ninguno de nosotros".

"No me asustan los retos", dijo Lachie. "¿Qué te dijo Rosalie de mí?".

"Para ser sincera, no me contó gran cosa, pero leí sobre ti en Internet. ¿Has averiguado alguna vez qué les ocurrió a tus padres?".

"No, y no quiero hacerlo. Soy feliz aquí, autosuficiente. No necesito a nadie".

"Todo el mundo necesita amigos", dijo E-Z.

"Tal vez".

"¿Te habló Rosalie de Las Furias?".

"No, pero me dijo que algún día me llamarías, cuando necesitaras mi ayuda para luchar contra el mal. Y mencionó a Las Furias, de las que ya había oído hablar".

"¿En serio? ¿Qué has oído? inquirió E-Z.

"Los indígenas, de los que aprendo algo nuevo cada vez que estoy con ellos, lo saben todo sobre Las Furias. Han atacado a los originales, intentando castigarlos y expulsándolos de sus tierras".

"Lachie se puso en pie, echó un poco de agua al fuego y se aseguró de que estaba completamente apagado.

"Por mi parte, creo que el mal debe existir para que sobreviva el bien, pero tiene que haber algún tipo de código, y ellos no siguen ningún código. Todo lo que hacen es por su propia autoconservación y ésa no es forma de vivir".

"Son palabras sabias, para un chico de tu edad", dijo E-Z. Después de decirlo, se sintió un poco avergonzado, como si se esforzara demasiado por ser sabio siendo el mayor de los dos. "Creo que probablemente tengas siete u ocho años, ¿estoy en lo cierto?".

"Creo que sí, pero en cuanto a mi edad real no estoy seguro. Cuando me encontraron, no encontraron documentación que lo demostrara. Supongo que cuando mi voz empiece a cambiar, tendré una idea mejor". Se rió.

"Mientras tanto, puedes elegir tu propia edad", sugirió E-Z.

"Igual que yo elegí mi propio nombre", dijo Lachie. "De todos modos, para lo que necesites que haga, me apunto".

"Lo que ocurre con Las Furias es que están utilizando Internet. Conoces Internet, ¿verdad?

"Sí, lo sé. Tienen wi-fi en la biblioteca. Me encanta leer. La mitología es genial. La ciencia ficción también".

"Las Furias están utilizando juegos multijugador en línea para atrapar a los niños. La mayoría de los niños juegan, incluido yo", dijo E-Z.

"Los juegos son una pérdida de tiempo", dijo Lachie. "Eso es lo que me enseñaron los maestros indígenas.

La vida es demasiado corta para malgastarla con distracciones sin sentido".

"Sin embargo, a todo el mundo le gustan los juegos", dijo E-Z. "Podría darte cifras mundiales, pero lo principal es que Las Furias se aprovechan de este fenómeno. Es como si todos los niños que juegan les hubieran dado acceso a sus corazones y mentes".

"¿Cómo es eso?"

"Para subir de nivel dentro del juego, debes completar una lista de tareas. Es la única forma de avanzar en el juego. Si no hicieras lo que se te pide, no tendría sentido jugar al juego. Y sin embargo, lo que se te pide que hagas muchas veces va contra la ley en la vida real".

"¡Contra la ley! ¿Cómo qué?" preguntó Lachie.

"Como matar".

Lachie negó con la cabeza.

"Es un juego, así que haces lo necesario para pasar al siguiente nivel".

"Vale, creo que lo estoy entendiendo. El mandato de las Furias era castigar a los que cometían crímenes y quedaban impunes. Están tergiversando ese mandato, para hacer daño a unos niños que juegan a un juego imaginario".

"Así es Lachie. Exacto. Y cuando los niños mueren, les roban el alma".

"¿Para qué?"

"¿Has oído hablar alguna vez de los Atrapaalmas?"

"No", dijo Lachie.

"Cuando mueres, tu alma tiene un lugar de descanso eterno. Se llama Atrapaalmas. Pero estos chicos no están destinados a morir cuando las Furias se los lleven, así que no hay ningún Atrapaalmas esperándoles".

"¿Cómo sabes todo esto?" preguntó Lachie.

"Los arcángeles no sólo me lo dijeron, sino que me lo mostraron. Estuve en mi Cazador de Almas unas cuantas veces. Me convocaron allí. Ni siquiera sabía cómo se llamaba hasta que surgió todo esto. No es algo que deba preocupar a los humanos. La mayoría piensa que vamos al cielo o al infierno".

"Si tu cazador de almas estaba preparado, y tú sólo eres un niño, ¿por qué no lo están las suyas?".

"Buena pregunta. Una en la que no había pensado antes. Supongo que supuse que yo era una circunstancia especial", dijo E-Z. "Pero sé que los arcángeles metieron la pata en algo. Algo de lo que no quieren hablar. Quizá por eso necesitan nuestra ayuda, para arreglar esto".

"¿Pero cómo lo hacen? Eso es lo que no entiendo".

"Han torcido las reglas, con la esperanza de hacerse con el control de todos los Cazadores de Almas. Cuando morimos, se supone que nuestras almas van en uno que nos espera al morir. No se supone que sean transferibles. Si los controlan todos, entonces todas las almas no tendrán adónde ir. Llevarán la otra vida al caos. Así que, ahora que lo has oído todo, ¿sigues dentro?".

"Sí, sin duda. Además, no hay nada mejor que hacer aquí. Debería ser una aventura interesante".

"Para serte sincero al cien por cien", dijo E-Z, "no será fácil. Y te jugarás la vida con el resto de nosotros. Pero nos cubriremos las espaldas mutuamente.

"Ganaremos".

"Eso espero, pero primero tenemos que averiguar cómo vamos a llegar hasta allí. El Tío Sam tiene unos billetes de avión reservados para nosotros. Lo que tenemos que hacer es recogerlos en el aeropuerto internacional más cercano. Los ha reservado".

"¡No hace falta!" dijo Lachie. "Tengo mi propio medio de transporte". Se metió los dos dedos en la boca y silbó.

Durante unos minutos no pasó nada.

"   R   -   -   -   R   -   -   -   R   -   -   - RRRRRRRRRRRRRRRRRRRRRRRRRRRRRRRRRRRRRRRRRRRRRRRRRR preguntó E-Z.

Lachie se quedó muy quieto mientras los árboles se movían en un susurro.

A continuación, E-Z oyó batir unas alas. Por el sonido, lo que se acercaba tenía unas alas gigantescas.

Entonces la criatura atravesó el follaje de los árboles. No habría desentonado en ninguna de las películas de Harry Potter.

"¿Es un dragón? preguntó E-Z.

"Es un Aussiedraco", dijo Lachie. "También conocido como pterosaurio, así que es de aquí". Al dragón le dijo: "Buenos días, amigo", y fue a saludarlo. La enorme criatura escamosa bajó la cabeza. Lachie lo acarició y luego saltó sobre su lomo.

"Vamos, E-Z, ¿a qué esperas?".

"Eh, tengo mi propio transporte".

Lachie echó la cabeza hacia atrás y se rió.

"¡HAR-HAR-R-R-R-R!"

se unió la criatura.

"Se llama Baby", dijo Lachie. "Súbete porque Baby quiere llevarte de paseo, y lo que Baby quiere, Baby lo consigue".

"¡Pero mi silla!"

Baby estiró su largo cuello y cogió a E-Z. Sin silla, se lo echó a la espalda. E-Z se agarró a Lachie mientras Baby saltaba en el aire.

"¡Cuidado con los árboles!" gritó E-Z.

Lachie y Baby se rieron.

Salieron volando, sobre kilómetros y kilómetros de arena roja.

Muy pronto E-Z no sintió miedo.

Sobrevolaron varias formaciones rocosas, una de las cuales parecía Homer Simpson tumbado. Después vieron Uluru, el enorme monolito rojo.

Pasaron todo el día sobrevolando Australia, contemplando las vistas.

"Será mejor que volvamos", dijo Lachie. "Necesitamos dormir bien antes de dirigirnos a Norteamérica y reunirnos con el resto del equipo".

"Me parece un buen plan", dijo E-Z, disfrutando cada vez más del viaje y deseando que no acabara nunca. No se caería, tenía alas si las necesitaba, pero sabía una cosa con certeza: volar en Baby era la vida.

Sólo se preguntaba dónde iba a guardarla cuando volvieran a casa. El dragón era demasiado grande para caber en el garaje. Ya se ocuparía de ese problema cuando cruzara ese puente. ¿Quizá si la Pequeña Dorrit y él se hacían amigos, podrían dormir juntos?

"No te preocupes por mí", dijo Bebé.

E-Z dio una vuelta de campana.

"Sí, puedo leer la mente. No todo el tiempo ni a todo el mundo", dijo Baby. "Ya me las arreglaré para dormir. Y en cuanto a la Pequeña Dorrit, bueno, los unicornios y los dragones no suelen llevarse bien, pero estaría dispuesta a intentarlo".

Baby los dejó y se fue volando hacia la noche.

E-Z recordó lo del Tío Sam, pero estaba demasiado cansado para hacer nada al respecto. Le llamaría por la mañana. Por supuesto, todo iría bien.

CAPÍTULO 4

SALIDA DE OZ

A LA MAÑANA SIGUIENTE, mientras E-Z y Lachie se preparaban para viajar, charlaron y se conocieron mejor.

"Necesito recargar mi teléfono y llamar a mi tío Sam. Me gustaría hacer una parada para hacer ambas cosas antes de salir de Australia".

"No hay problema, ya que también me gustaría recoger algunas provisiones. Podemos hacerlo todo al mismo tiempo. Yo compraré, tú podrás cargar el teléfono y llamar a tu tío. ¿Hay algo que deba saber?"

"Sólo un sueño extraño que he tenido. Me dan ganas de ver cómo está para no preocuparme innecesariamente".

"Me parece justo", dijo Lachie mientras guardaba algunos utensilios de cocina para que estuvieran a salvo hasta que volviera. "Seguro que voy a echar de menos este lugar".

"Lo sé, y a tus amigos también, pero harás nuevos amigos y todos te harán sentir como en casa. Además, volverás antes de que te des cuenta".

"Eso es lo que me preocupa. ¿Y si no quiero volver? ¿Y si me acostumbro a tener gente cerca? ¿A que me mimen con comodidades? Hizo una pausa, mientras dos urracas se posaban, una sobre cada uno de sus hombros. Las aves le picotearon ligeramente las orejas, como si le estuvieran susurrando. Lachie sonrió y echaron a volar.

"¿Qué han dicho?" preguntó E-Z.

"En realidad, nada. Sólo han dicho que me quieren y que me van a echar de menos". Un cuervo bajó volando y se posó en su hombro. "Éste es mi compañero Erroll".

"Encantado de conocerte, Erroll", dijo E-Z. "¿Cómo os hicisteis amigos?".

Lachie se rió. "Es curioso que preguntes eso. Los Errol existen desde hace muchísimo tiempo. De hecho, su abuelo, muchas veces, fue mascota de alguien que podría ser tu pariente lejano. Eso si eres pariente de Charles Dickens".

E-Z se inclinó hacia él, asintiendo. Definitivamente, Lachie tenía ahora toda su atención.

"Charles Dickens tenía un cuervo como mascota que se llamaba Grip. Según las historias que se han contado a lo largo de los años, fue Grip quien inspiró a Edgar Allan Poe para escribir su poema más famoso, El cuervo".

"¡Vaya, qué guay!" exclamó E-Z.

"Los pájaros son superinteligentes. Como lo son los Ancianos Indígenas que me tomaron bajo su protección cuando llegué por primera vez al Outback. Me enseñaron a leer y escribir, a preparar la comida. También me enseñaron a reconocer y evitar la flora y la fauna venenosas.

"Todos los días aprendo algo de las criaturas que encuentro y con las que hablo. Dicen que antiguamente todo el mundo podía hablar con los animales, no sólo yo, pero algo cambió. Creen que ocurrió en nuestros cerebros, pero lo que les ocurrió a todos los demás no me ocurrió a mí".

"¿Cómo supieron que eras diferente?"

"Dicen que oyeron hablar de mí, cuando nací y cuando me convertí en el niño de la caja. Antes incluso de nacer, los rumores sobre mí volaban por el mundo en susurros. Llevaban mucho tiempo esperándome, eso me dijeron".

"¿Cuánto tiempo?" preguntó E-Z.

"No quiero parecer pretencioso, pero dicen que Mozart sabía de mí: tenía un estornino de mascota y vivió en el siglo XVII. Eso es más reciente. Antes de él, se remonta a Virgilio, en el año 70 a.C. ¿Sabías que tenía una mosca de mascota?".

"¿En serio? ¿Una mosca como mascota?

"He hablado con una mosca de los arbustos que estaba emparentada con Virgilio; se llamaba Leonard, o Leo para abreviar, y me lo ha confirmado todo".

Lachie cogió una maceta y la escondió entre los arbustos, con otras cosas. "También he charlado con el pariente del loro de Andrew Jackson. El pájaro de Jackson se llamaba Pol -fue un regalo para su mujer- y era macho, pero como su pariente era hembra se llamaba Polly. Tenía un extraño sentido del humor".

"Eso parece. Espero que podamos hablar más, pero tengo que preguntarte por tus poderes especiales... y deberíamos ponernos en camino pronto, eso si lo tienes todo bien guardado".

Lachie asintió: "Claro. Estoy casi listo. Sólo necesito asegurar algunas cosas más. Mientras tanto, ¿por qué no me hablas primero de ti?".

"Bueno, ya nos has visto a mí y a mi silla en acción: sí, podemos volar. Mi silla tiene poderes especiales, además de volar también puede capturar criminales y le gusta la sangre. Somos una pareja, mi silla y yo, como Batman y su Batmóvil".

"¡Genial!" dijo Lachie. "Pero es un poco raro lo de la sangre".

"No desperdicies, no quieras, no sé quién lo dijo, pero mi silla parece estar de acuerdo. En lugar de dejarla gotear en el suelo, la absorbe.

"Nuestro primer rescate fue una niña: la salvamos de ser atropellada por un vehículo. Luego rescatamos un avión lleno de pasajeros. No quiero presumir y estoy seguro de que entiendes lo esencial. Ayudando a los demás, descubrí que ahora soy superfuerte y mi silla también. Ah, y nos han blindado".

"¿Quieres decir que la gente te ha disparado?"

"Sí, hemos tenido algunas situaciones con armas de fuego. Ahora te toca a ti".

Mi poder más asombroso es, como ya has visto, que puedo hablar con cualquier criatura, con cualquiera. De hecho, ayer, cuando pensabas que estabas hablando con Bebé, bueno, más o menos lo estabas haciendo, pero si yo no estuviera aquí, ella estaría diciendo sandeces. Ella se comunica contigo, a través de mí. Soy como una red, una red de seguridad. Puedo apagarla o abrirla en función de lo que yo decida.

"Cuando estaba en esa jaula, los animales se sentaban fuera y parloteaban. A veces pensaba que se comunicaban conmigo, pero luego pensaba que quizá me estaba volviendo loca. Una vez, una cucaracha entró volando por los barrotes de mi jaula y me dijo que podía ayudarme a salir, si yo quería.

"Qué asco, odio las cucarachas. Pero nunca había oído hablar de las cucarachas voladoras".

"En realidad son bastante listas y tienen un instinto de supervivencia tremendo, es decir, se comen cualquier cosa".

"Lástima que no se comieran a los que te metieron en esa caja". E-Z pensó un momento. "¿Por qué no dejaste que intentara rescatarte? Quiero decir que no tenías nada que perder".

"¿Cómo dice ese viejo refrán, más vale malo conocido"?

"Lo entiendo, ¿así que no tenías miedo de la gente que te retenía?".

"En realidad no era una caja, era una jaula. Pero suena mejor si lo llaman caja. Además, nunca me hicieron daño. Me daban de comer y de beber. Me cambiaban el periódico. Y en realidad nunca vi quiénes eran, ya que llevaban máscaras".

"No entiendo por qué te retenían allí en primer lugar".

"Eso no creo que lo sepa nunca. Y no me quedé para obtener respuestas una vez que me dejaron salir".

"¿Cómo fue eso?"

"Me prepararon una habitación en la misma casa. Enviaron a una señora muy amable, para que cuidara de mí. Nunca salí de la casa. Me daba demasiado miedo".

"¿Podías hablar? Quiero decir, si estuviste siempre en una jaula, ¿tienes recuerdos de antes? ¿De tus padres?"

"No me gusta hablar de ello. El pasado es el pasado. No puedo cambiarlo. Siempre miro hacia delante. Pero no nací en una jaula. A veces creo recordar que iba a la escuela. Pero podría haber sido un sueño. Algunos días es difícil distinguir entre las dos cosas".

E-Z se recordó a sí mismo que debía llamar al Tío Sam.

"Entonces, ¿cómo acabaste aquí, viviendo con animales y siendo cien por cien autosuficiente? Supongo que no echas de menos a la gente".

"No puedes echar de menos lo que no recuerdas. En cuanto a los animales, yo no los elegí, ellos me eligieron a mí. Vinieron a casa, como si supieran que ya no estaba en la jaula y esperaron a que saliera. Ya sabían que podía hablar con ellos, entenderlos, pero yo no sabía que podía, hasta que lo intenté. Entonces se abrió ante mí todo un mundo y tuve que formar parte de él. Ya no estaba sola. Fue entonces cuando se ofrecieron a llevarme lejos y mantenerme a salvo. Ahora estás al día de la historia de Lachie".

"Es una historia increíble. Hablar con los animales. ¿Has descubierto algo más?"

"Bueno, sí. Pero es bastante nuevo".

"Cuéntamelo".

"Es mejor que te lo enseñe".

"De acuerdo", dijo E-Z.

Observó cómo Lachie se levantaba y caminaba hacia un eucalipto cercano. Permaneció inmóvil junto al árbol durante un segundo, y luego dio un paso adelante hasta situarse frente a su grueso tronco desgastado por la intemperie. Luego desapareció.

"¿Qué...?

Lachie se movió hacia el otro lado del árbol y luego volvió a apoyarse contra el tronco.

"¿Así que eres invisible?"

"No, mira más de cerca". Se apartó del árbol. "Sigue mirándome a los ojos".

E-Z lo hizo, y pudo ver los ojos de Lachie en el tronco del árbol, pero no podía ver a Lachie. "Espera un momento", dijo E-Z. "Ya lo he entendido. Es camuflaje: eres un camaleón. Guau!"

Lachie se rió y volvió a su asiento.

"¿Cómo lo has descubierto? Es un poder realmente genial. Puedes camuflarte prácticamente en cualquier sitio y nadie se daría cuenta".

"Después de vivir un tiempo con las criaturas -sin ver a ningún humano-, un día pasaron por aquí unos excursionistas. Corrí a subirme a un árbol y esconderme, pero no tuve tiempo, así que me detuve contra un tronco y me quedé quieta. Pasaron a mi lado, como si yo no existiera. No podía entenderlo. Un pájaro se posó en mi hombro y una serpiente trepó por mi pierna. Ellos podían verme, pero los humanos no. Entonces supe que era un camaleón".

"¿Qué se siente? Me refiero a cuando entras en modo camuflaje".

"No se siente nada diferente. Simplemente ocurre".

"Genial. Bueno, ¿quieres saber algo sobre el resto del equipo y qué habilidades aportan?".

Lachie asintió.

"Te gustará Lia. Es vidente. Tiene los ojos en las manos y puede ver el ahora, en la mente de algunas personas, y a veces puede vislumbrar el futuro, lo que va a ocurrir. Esa parte de su poder parece ir en aumento. Por supuesto, también está el tema de la edad. Cuando nos conocimos, tenía siete años y ahora tiene doce".

"Eso está muy bien", dijo Lachie. "Y he oído que su madre y tu tío Sam están...".

"¿Te importa si nos ponemos en marcha? Sólo oír el nombre de Sam hace que mi ansiedad vuelva a crecer".

"No te preocupes", dijo Lachie. Silbó y Baby llegó y salieron volando hacia el pueblo más cercano, donde Lachie recogió algunas cosas, E-Z enchufó su teléfono al cargador y cuando estuvo lo bastante cargado, llamó inmediatamente al número de Sam.

No hubo respuesta, sino que la llamada fue directa al buzón de voz de Sam. Probó con el teléfono de Samantha y ella contestó enseguida. "Hola, soy E-Z, ¿está disponible el tío Sam?".

"Claro E-Z, un segundo". Unos susurros. "Hola, chaval", dijo Sam. "¿Dónde estás ahora, volando ya sobre el océano?"

"Eh, sólo comprobando que todo va bien contigo", dijo E-Z. "Si es así, di la palabra clave".

"Bob Esponja Pantalones Cuadrados", dijo el tío Sam.

"Oh, menos mal", dijo E-Z. "He tenido un sueño raro en el que Las Furias te tenían a ti".

"Ah, han venido unos amigos y nos estamos preparando para sentarnos y mojar algunas cosas en las fondues. Tenemos chocolate con fruta, queso con verduras y queso con pan y carne. Es toda una selección y tenemos varios tipos de vino. Los gemelos ya se han acostado".

"Eso suena..."

"Tengo que irme E-Z, hasta pronto. Cuídate".

"Mi tío está bien, y van a hacer una fondue, suena un poco a fiesta".

"¿Qué es una fondue?" preguntó Lachie.

"Es una olla en la que se derriten cosas y luego se mojan en ellas. Como mojar fresas en chocolate o trocitos de pan en queso. Y tienes razón, ahora están casados y han tenido gemelos hace poco, así que la casa está bastante llena y ruidosa".

"Suena de rechupete", dijo Lachie.

Con el teléfono de E-Z completamente cargado y las provisiones de Lachie a buen recaudo en la espalda de Baby, la pareja salió volando de Australia. Charlaron mientras avanzaban. Tras horas sin ver nada de interés, y con el estómago rugiendo, se prepararon para aterrizar para comer y descansar para ir al baño.

"De todas formas, tendremos que aterrizar pronto para comer algo; además, ¡ya me muero de hambre! Y por cierto, ¡enhorabuena!"

"¡Gracias! Podemos parar en Hawai para comer hamburguesas con queso y patatas fritas", sugirió E-Z.

"No sabía que los hawaianos estuvieran especializados en hamburguesas y patatas fritas".

"Forman parte de EEUU, así que las hamburguesas con queso y las patatas fritas, por no hablar de los batidos espesos, son excelentes comidas tradicionales que puedes probar y te garantizo que te encantarán".

"Yo no como carne. Las vacas también son personas".

"Tienen algo a base de verduras, sigue siendo una hamburguesa con queso y te encantará. No tienes nada en contra de beber leche de vaca, ¿verdad?".

"No, no tengo".

"Vale, Silla y Bebé: vamos a la hamburguesería con queso más cercana que también sirva hamburguesas vegetarianas", sugirió E-Z, mientras su estómago gruñendo se hacía notar.

"¡Adelante!" gritó Lachlan mientras Baby buscaba un lugar apropiado para aterrizar.

CAPÍTULO 5

BRANDY

Lia y su compañera de viaje, la unicornio Little Dorrit, volaban entre las nubes.

Lia apreciaba los movimientos gráciles pero rápidos de su compañera voladora. Juntas inventaron un juego llamado Salta las Nubes. Según el tipo de nube, saltaban por encima, por debajo o a través de ella. Atravesarla era lo más divertido.

"Me encanta cuando estamos dentro de la nube", dijo Lia. "Alargo la mano para tocarla, pero no hay nada".

"Parece que vamos al centro comercial de abajo", dijo Little Dorrit antes de realizar un triple salto, pasando por encima, luego por debajo y después a través de la misma nube.

"¡Weeeeee!" exclamó Lia.

"Gracias, gracias", dijo la unicornio, mientras señalaba hacia abajo.

"De compras, ¿eh?" dijo Lia, mientras echaba un vistazo. Era un gran centro comercial, de casi una manzana de largo. "Espero no necesitar mucho dinero, pero mamá me dio su tarjeta de crédito por si la necesitaba".

"Brandy está en el pasillo del supermercado, llenando un carrito para pasar el rato. Será mejor que nos demos prisa o su madre no tardará en buscarla", dijo el unicornio.

"Es genial que puedas localizarla así. Estoy deseando conocerla y saber más sobre sus poderes", dijo Lia, rodeando el cuello de la pequeña Dorrit con los brazos para prepararse para el aterrizaje. "Siempre he querido tener una hermana mayor, así que puede que ésta sea mi única oportunidad".

"Silba cuando me necesites", dijo la Pequeña Dorrit, mientras Lia se apeaba, "y me reuniré contigo aquí mismo".

Lia entró en el centro comercial por las puertas batientes. Enseguida vio a una chica que esperaba que fuera Brandy empujando un carrito en la tienda de comestibles. Basándose en la descripción de Rosalie, tenía que ser ella.

La chica iba vestida de manera informal, con una sudadera gris con capucha. Estaba parcialmente cerrada con cremallera, pero lo bastante abierta como para dejar ver una camiseta roja de I Love Music que llevaba debajo. Sus vaqueros negros tenían calcomanías de notas musicales en los bolsillos. Sus zapatillas de lona se leían a juego con la camiseta.

Lia observó a la chica durante unos instantes, antes de caminar hacia ella. Se sintió un poco intimidada. Como si estuviera conociendo a una celebridad. En su mente, Brandy rezumaba estilo y frescura.

A medida que se acercaba, Lia imaginó que pronto serían amigas. Irían juntas al centro comercial. Comprarían ropa juntas. Tal vez Brandy incluso la ayudaría a elegir ropa nueva totalmente americana.

"¿Qué miras, niña? preguntó Brandy en un tono que no era muy amistoso ni fraternal. Luego, de un manotazo, apartó las manos de Lia.

"Eso es muy grosero", exclamó Lia. "¿Es que nadie te ha enseñado modales?". Le dio la espalda a la chica fría. Contuvo la respiración, contó hasta diez y luego se volvió de nuevo hacia ella. "Rosalie se avergonzaría de ti".

"¿Conoces a Rosalie?"

"Sí, soy Lia, y no puedo verte sin mis ojos, que están en mis manos". Lia volvió a levantar los brazos.

"¡Vaya!" exclamó Brandy. "Creía que era rara, pero niña, quiero decir, eh Lia, te llevas la palma". Se metió las manos en los bolsillos. "Pero cualquier amiga de Rosalie es amiga mía".

"Eh, gracias", dijo Lia. "¿Algún sitio donde podamos ir a hablar?"

"No puedo decir qué tendríamos en común tú y yo, aparte de Rosalie", dijo la adolescente mientras empujaba el carrito hacia adelante, dejando atrás a Lia.

Lia contuvo un sollozo, pero consiguió decir: "Necesitamos tu ayuda porque Rosalie ha muerto".

Brandy se detuvo y respiró hondo mientras una lágrima resbalaba por su mejilla, que se volvió y apartó con un cepillo. "Sígueme, niña". Abandonó el carrito con todos los objetos que contenía y se dirigieron a una caseta que había en el interior del centro comercial y se sentaron.

"Tomaré un vaso de agua", dijo Lia. "Sin hielo, por favor".

"Vamos, niña, vive peligrosamente. Ella tomará un Root Beer Float, y que sean dos". Cuando la camarera se fue, "Te encantará, no te preocupes. Ahora, cuéntame más sobre por qué estás aquí y dime qué le pasó a esa dulce dama Rosalie".

"Primero, ¿qué te dijo Rosalie de mí, de nosotros?".

"Nada. Sabía quién era y sabía que velaba por mí. Al principio pensé que era un ángel porque podía hablarme dentro de la cabeza, como cuando rezaba de pequeña. Luego me di cuenta de que era una persona real, igual que yo, y ahora está muerta. Me gustaría ayudar a atrapar a las personas que la mataron, si es por eso por lo que estás aquí, entonces me apunto. Es curioso, creo que ahora es un ángel, que sigue velando por mí".

"Yo también", dijo Lia. "Exactamente".

"Entonces, ¿cómo ocurrió?" preguntó Brandy. "Si no es un tema insensible para preguntar. Siempre me parece mejor hablar de las rarezas que nos hacen ser como somos. Si tengo mis propias rarezas, créeme. Todo el mundo las tiene.

"Mi madre me echaría la bronca por hacerte una pregunta tan personal. Pero me gusta ir al grano. ¿Siempre has tenido ojos en las manos? Pensaría que te persiguen periodistas y fotógrafos, la gente quiere hablar contigo, oír y contar tu historia para vender revistas y periódicos."

"Oh", dijo Lia, "a la mayoría de la gente le interesan más los personajes famosos de ficción, como Harry Potter, que las personas reales. Si Harry Potter fuera real, la gente lo evitaría o se burlaría de él. En su mundo, sin embargo, era el héroe, así que su cicatriz se convirtió en parte de su historia. Nos lo hizo más humano, para que pudiéramos identificarnos con él. Pero ningún niño quiere destacar porque en este mundo no siempre se aprecian las diferencias.

"Es curioso, cómo podemos relacionarnos y sentir empatía con los personajes de ficción y no reconocer a los héroes reales de nuestra vida cotidiana".

"Oh, hermano -dijo Brandy-, eres un poco pesado, ¿verdad? Es como hablar con un niño de veinte años".

"Lo siento", dijo Lia. "Pasé de los siete a los diez y a los doce, en poco tiempo. No tuve tiempo de adaptarme".

"No pasa nada", dijo Brandy. "Y en eso estoy de acuerdo contigo en principio, niña, pero, desde que Reality Tv llegó a las ondas, nos interesa la vida de la gente corriente. Es decir, gente corriente pero rica, como las Kardashian. Yo no la veo, pero millones de personas sí".

Llegaron sus bebidas. Brandy se comió primero la guinda de la suya y luego preguntó a Lia si quería la suya. Cuando Lia dijo que no, Brandy se la quitó y se la metió directamente en la boca. "Toma un sorbo. Si lo pruebas, seguro que te gusta".

Lia dio un gran sorbo con la pajita y se le iluminó la cara. "¡Está buenísimo!" Luego removió el helado con la pajita mientras pensaba qué decir a continuación.

"En mi caso, nací con unos ojos que funcionaban bien. Pero un accidente me dejó ciega y, cuando me desperté, tenía estos ojos y también lo que llaman la vista. Puedo ver lo que piensa la gente, así fue como Rosalie y yo empezamos a hablar. El tiempo para mí no es como para los demás, pero hace tiempo que no me salto ningún año. Además, a medida que pasa el tiempo, a veces puedo ver lo que me va a ocurrir a mí y a los demás, ya sabes, en el futuro."

"¿Sabías que Rosalie iba a morir antes de que ocurriera?"

"No, no lo sabía. Va y viene. A veces no funciona en absoluto. No es fiable al cien por cien. Por cierto, no puedo leerte la mente, por si te lo preguntas".

"Bien. Saber que puedes leerme la mente sería muy espeluznante", dijo Brandy, dando un enorme sorbo que golpeó el fondo del recipiente y emitió un sonido de "eso es todo amigos". "Me encantaría tomar otro, pero no lo haré", dijo. "Lo mejor es tener moderación, porque si nos damos gusto todo el tiempo con las cosas que creemos que realmente queremos, entonces no las apreciaremos tanto".

"Muy sabio", dijo Lia. "Puedes quedarte con el resto del mío si quieres".

"Sería una pena dejar que se desperdiciara".

Las dos chicas se quedaron calladas un rato hasta que vibró el teléfono de Brandy. "Mi madre llegará pronto para reunirse con nosotras".

"¿Cómo ha sabido dónde estamos?".

"Vale, tiene sus métodos, es decir, un rastreador en mi teléfono".

"¿Y no te importa?"

No. Desaparecí varias veces, pero siempre conseguía volver al centro comercial. La mayoría de las veces que voy, ella no tiene ni idea. Hasta que la llamo y le pido que venga a recogerme aquí. Ésa suele ser su primera pista, mi mensaje o mi llamada. Sin embargo, la aplicación la libra de preocuparse por mí. Supongo que no es fácil tener una hija que puede morir y volver a la vida".

Llegó la madre de Brandy y se hicieron las presentaciones. Le contaron las historias de Rosalie y

Lia y la pusieron al corriente de lo que habían hablado hasta entonces.

"¿Qué estabais planeando vosotras dos?", preguntó. "Parece como si estuvierais tramando algo".

"Sólo el exceso de azúcar", dijo Brandy, sonriendo. "Lia estaba a punto de decirme para qué me necesitan".

"Entonces, ¿me has explicado lo de tu situación recurrente?".

"Brevemente. Aún no había llegado a eso, mamá, acaba de contarme lo del accidente y por qué tiene los ojos en las manos".

La camarera se acercó y la madre de Brandy pidió un café. Volvió inmediatamente con una taza, que llenó. "Los rellenos son gratis", dijo la camarera. "Sólo tienes que levantar la taza cuando esté vacía y enseguida te la volveré a llenar".

"Gracias", dijo la madre de Brandy.

"Me encantará que me lo cuentes -dijo Lia, pasándose el pelo por detrás de la oreja. Le encantaba la forma en que Brandy y su madre se relacionaban. Estaban muy unidas; se notaba por la forma en que no dejaban de tocarse. Su cercanía le hizo recordar todos los tiempos en que su madre trabajaba por las noches y los fines de semana y ella tenía que depender de Hannah, su niñera, para todo. Ahora que estaban aquí y su madre se había casado con Sam era distinto, pero los nuevos bebés parecían ocupar mucho tiempo de su madre.

Brandy soltó: "La primera vez que morí, era pequeña. Fue en este mismo centro comercial. Un minuto estaba muerta y al siguiente estaba viva de nuevo. Como te he dicho antes, siempre acabo aquí. Así es como me gusta este centro comercial".

"Tiene gracia", dijo Lia.

"¡A mí me encanta ir de compras!"

"¡Que sí!" dijo la madre de Brandy mientras su hija volvía a llamar a la camarera y le pedía un vaso de agua helada.

"Que sean dos vasos de agua", dijo Lia.

Como ya estaba allí, la camarera rellenó la taza de café de la madre de Brandy.

Lia pensó que era ahora o nunca: debía ir al grano. Se estaba haciendo tarde y la Pequeña Dorrit estaba esperando.

"E-Z, que es nuestro líder, va en silla de ruedas y puede rescatar a la gente, incluso a aviones llenos de pasajeros. Tiene superfuerza y velocidad, y tanto él como su silla de ruedas tienen alas.

"Alfred es un cisne trompetista y tiene percepción extrasensorial, además de que puede devolver la vida a personas y criaturas. Incluyéndote a ti, hay dos niños más que añadiremos al grupo, además de Charles, el primo de E-Z, así que seremos siete en total".

"Ah, siete afortunados", dijo la madre de Brandy.

Lia continuó: "Cuando lo hayas oído todo, si aceptas ayudarnos a luchar contra Las Furias, tu vida correrá peligro. Son tres hermanas malvadas -diosas- que mataron a Rosalie".

"Malvadas, ¿eh? ¡Matar a Rosalie fue un acto cobarde! Ella nunca haría daño a una mosca!" dijo Brandy.

"¿Esta información es pública?" preguntó la madre de Brandy. "Todo suena muy, muy ficticio".

"¿Por qué lo hicieron?" preguntó Brandy. "¿Qué consiguen matando a una dulce anciana como Rosalie?".

"Están utilizando a niños. Matando niños", dijo Lia.

Tanto Brandy como su madre dejaron de beber.

"Es difícil de explicar, pero lo intentaré. Cuando morimos, nuestras Almas van a parar a los Cazadores de Almas que nos esperan: nuestro lugar de descanso eterno. Cada uno de nosotros tiene su propio y único Atrapador de Almas, así que nunca podemos morir. Nuestras almas siguen viviendo. No es el cielo que imaginamos, pero es real, y las Furias están matando a niños inocentes y metiéndolos en Cazadores de Almas que pertenecen a otras personas.

"De hecho, cuando Rosalie murió, su alma no tenía adonde ir. Afortunadamente, nuestros amigos Hadz y Reiki -son aspirantes a ángeles- pudieron capturar el alma de Rosalie. La mantienen a salvo hasta que eliminemos a Las Furias y volvamos a arreglar las cosas con todos los Atrapaalmas. Una vez que los eliminemos, los arcángeles tomarán el control y arreglarán el desastre que han causado. Todo volverá a la normalidad".

"Creía que los arcángeles eran malos", dijo Brandy. "¿Cómo sabemos que podemos confiar en ellos? ¿Y por qué queremos ayudarles?".

"Eso es mucho pediros, niños", dijo la madre de Brandy.

"Es una historia muy larga. Os la contaremos con el tiempo. Pero ahora tenemos que volver al cuartel general. Ésa es nuestra casa. Una vez que estemos todos bajo el mismo techo, podremos explicarlo todo e idear un plan".

"Me apunto", dijo Brandy. "Ya me tenías cuando dijiste que habían matado a Rosalie, pero ahora que sé que también han estado matando a niños inocentes, pues déjame a mí". Levantó su vaso de agua y brindó con Lia.

"Espera", dijo la madre de Brandy, "si los arcángeles no pueden vencer a esa cosa, ¿cómo pueden esperar que vosotros, niños...?".

"Mamá", Brandy le dio una palmadita en la mano. "Yo no soy como los demás niños. Parece que somos un grupo de inadaptados, con habilidades especiales y yo encajaré perfectamente. No es de extrañar que los arcángeles nos pidieran que les ayudáramos.

"Rosalie nos ha reunido a todos para que formemos un equipo. Si estuviera aquí, estaría con nosotros en el equipo. Ahora está con nosotros en espíritu. Juntos seremos una fuerza a tener en cuenta.

"Además, tenemos que asegurarnos de que Rosalie recupere su lugar de descanso eterno. Todo ocurre por alguna razón, ¿no eres siempre tú quien me lo dice?".

"Entonces, ¿qué pasa ahora?", preguntó su madre.

"Necesitamos estar juntos y la casa de E-Z es lo bastante grande para todos nosotros. Los demás y Charles Dickens -una larga historia- se reunirán con nosotros allí".

"¿No será EL Charles Dickens?

"El único, pero sólo tiene diez años. Llegó y fue descubierto por dos Detectores en Londres, Inglaterra. Le enviaron a la Tierra por una razón. Además de que él y E-Z son primos. Es uno de nosotros. Juntos vamos a vencer a esas hermanas y volver a enderezar el mundo".

"¡Vamos!" dijo Brandy. "Mamá tiene mi mochila en el coche, y tiene todo lo necesario. Siempre tengo una mochila preparada por si acaso. Me ha sido útil bastantes veces. ¿Supongo que la casa tiene lavadora y secadora? Ah, ¿y secador de pelo?"

"Sí, sí y sí", dijo Lia, y luego silbó.

Brandy y su madre se taparon los oídos. "¿A qué ha venido eso?"

"Salid fuera y os presentaré a mi amiga la Pequeña Dorrit -es un unicornio- y podréis coger vuestra bolsa al mismo tiempo". Salieron por la puerta y ella señaló al cielo, donde el unicornio se acercaba para aterrizar.

"Un momento", dijo Brandy, "¿vamos a cruzar el país montados en un unicornio?".

La madre de Brandy frunció el ceño. Se sintió desfallecer y las piernas se le pusieron como espaguetis recocidos.

"Acércate y acaríciala", dijo Lia. "Pequeña Dorrit, ésta es Brandy y su madre".

"Su pelaje es precioso y suave", dijo la madre de Brandy.

"¿Quieres que te lleve a tu coche?" preguntó Little Dorrit.

"No, gracias", dijo la madre de Brandy. Luego, a su hija: "No sé cómo voy a explicarle esto a tu padre. Quizá deberías venir a casa conmigo y juntas te lo explicaremos y decidiremos si puedes ir...".

"Tengo que ir", dijo Brandy. "Es mi destino". Abrazó a su madre.

"¿Ayudaría que hablaras con mi madre?" preguntó Lia, y sin esperar respuesta la marcó rápidamente, le explicó la situación y le pasó el teléfono a la madre de Brandy, que charló con Samantha y luego le devolvió el teléfono.

Lo siguiente que supieron fue que las tres estaban volando por el aparcamiento, en busca del coche, con la gente abajo tocando el claxon, haciendo fotos con sus teléfonos y chocando entre sí con coches y carritos.

"Ahí está", dijo la madre de Brandy.

La pequeña Dorrit aterrizó y se deslizó. "Espera aquí y cogeré la bolsa de mi hija".

Volvió y se la tendió a Brandy. "Gracias por traerme", le dijo a la pequeña Dorrit. A Brandy le dijo: "Brandy llama a casa. A diario. Como E.T.". Le lanzó un beso. Luego a Lia: "Encantada de conocerte".

"Igualmente", dijo Lia, mientras la Pequeña Dorrit se levantaba del suelo. "No te preocupes, mantendremos a salvo a tu hija".

La madre de Brandy las vio alejarse volando, hasta que dejó de verlas. Para entonces, los curiosos del aparcamiento ya habían encontrado otra cosa que mirar, así que subió al coche y se dirigió a casa.

Tomó el camino más largo. Necesitaba pensar cómo iba a explicárselo todo al padre de Brandy.

CAPÍTULO 6
HARUTO

ALFRED ESPERÓ EN LA entrada de la cafetería hasta que el dueño, que esperaba un nuevo cliente. La abuela de Haruto no mencionó que el cliente era un cisne trompetista. Cuando el dueño vio a Alfred, lo llevó a una mesa muy al fondo.

A Alfred no le importaba estar apartado. De hecho, lo prefería, ya que había un cartel que indicaba que no se admitían animales domésticos -no es que los cisnes se consideraran animales domésticos en Japón ni en ningún otro lugar del mundo que él conociera-.

Mientras esperaba tranquilamente a que llegara el padre de Haruto, utilizó el WI-FI gratuito del Café y descubrió algunas cosas realmente interesantes sobre la cultura de los cafés de Japón. Como en Yokohama, había cafés para los amantes de los gatos y uno para celebrar a los erizos.

Quince minutos después, un hombre entró en el café. Alfred supo de inmediato que era el padre de Haruto, pues avanzó rápidamente hacia su mesa.

"¿Naze watashitachiha daidokoro no chikaku ni iru nodesu ka?", preguntó al dueño del café (que traducido significa: "¿Por qué estamos cerca de la cocina?").

"¡Kare wa hakuchōdakara!" dijo el dueño antes de apartarse de la mesa (que traducido significa: ¡Porque es un cisne!)

Cuando volvió unos minutos después con una bandeja llena de Té de Burbujas, el dueño dijo: " Mōshiwakearimasen" (que traducido significa: Lo siento.)

" Ī nda yo", dijo el padre de Haruto con una sonrisa (que traducido significa: No pasa nada.)

A Alfred le sirvieron el té en un cuenco lo bastante grande para que pudiera meter el pico. Su té estaba helado, lo cual era bueno porque no quería quemarse la lengua ni esperar mucho tiempo a que se enfriara.

"Domo arigato gozaimasu", dijo Alfred (que traducido significa: muchas gracias).

"Iie", respondió el padre de Haruto (que traducido significa: ni lo menciones).

Se sentaron en silencio, mirándose mientras sorbían sus tés durante un rato.

"¿Por qué estás aquí?" preguntó bruscamente el padre de Haruto. "Mi mujer teme que queráis quitarnos a nuestro hijo, y no podéis tenerlo. Sí, le hemos encontrado, pero somos los únicos padres que ha conocido".

"¡Vaya!" exclamó Alfred. "No pasará nada a menos que tú quieras. Por cierto, el inglés de tu hijo es excelente", dijo Alfred. "Como el tuyo".

"Los halagos no te servirán de nada aquí. Como te he dicho antes, no puedes tener a mi hijo".

"¿Si Haruto pudiera ayudarnos, a salvar el mundo? ¿Aún dirías que no?"

"Haruto es sólo un niño. Tú eres un cisne. ¿Qué pueden hacer los niños y los cisnes que no puedan hacer los hombres? No puedes tenerlo". Se cruzó de brazos.

"¿Y si no podemos salvar el mundo sin su ayuda? ¿Y si quiere ayudarnos?"

"Haruto no sabe nada de la vida. No puede ayudarte. Busca al hijo de otro, alguien mayor. Alguien que haya nacido para salvar el mundo. No un niño. No mi hijo, Haruto. Ni hoy, ni mañana, ni nunca".

"¿Y si dejamos que decida él?" dijo Alfred. "Después de que se lo explique todo".

"Cuéntamelo todo ahora. Y yo decidiré lo que debe saber. Pero antes, déjame preguntarte: ¿qué te hace pensar que un niño como mi hijo puede ayudarte?"

"Creemos que, como el resto de nosotros, tiene dones, dones únicos. No es como los demás niños, ¿verdad? Cuando Rosalie habló de él, aún era un bebé. ¿Ha envejecido más deprisa que otros niños?".

El padre de Haruto negó con la cabeza. "Cuando le encontramos hace cinco años, era un bebé. Ha crecido, como crece cualquier niño".

"Lo siento. Rosalie no tuvo tiempo de actualizar o completar sus notas. Aun así, ¿no quieres que tu hijo esté con otros niños superdotados como él? Sería uno de los nuestros, aceptado por nosotros. Y honraríamos sus dones y le protegeríamos".

"¿Estás sugiriendo que no puedo proteger a mi propio hijo?"

"No, señor. No estoy diciendo eso en absoluto. Lo que digo es que le necesitamos y quizá, sólo quizá, él nos necesite a nosotros. Un chico que está solo nunca puede ser tan fuerte como un chico que es miembro de un equipo".

"Quizá se sienta solo. Tal vez, pero es joven y se le pasará". El padre de Haruto permaneció en silencio antes de preguntar: "¿Cuál es tu don y quién es el enemigo?".

"Tengo poderes curativos, para humanos y animales, sobre todo para estos últimos. Puedo leer la mente. Lia puede ver el futuro. E-Z salva vidas. Soy capaz de curar a los enfermos y leer la mente. Incluso tenemos una página web de superhéroes, que puedo enseñarte si quieres verlo todo por ti mismo como prueba".

"Ya he visto vuestra página web", dijo el padre de Haruto. "Se os conoce como Los Tres. ¿No sois tres lo bastante poderosos como para enfrentaros a cualquier enemigo? ¿Cómo puede ayudaros un chiquillo como Haruto? Apenas se acuerda de lavarse los dientes".

"Lo entiendo. Yo también tuve un hijo cuando era humana".

"¿Fuiste humana una vez? ¿Qué le pasó a tu hijo?"

"Murió y me convirtieron en cisne. Es una historia muy complicada. Lo principal es que hasta hace poco no sabíamos que había otros hijos. Fue Rosalie. Era una mujer increíble, con la capacidad de comunicarse con los niños en su mente. Habló con Lia, Haruto, Brandy y Lachie. Reunió a todos y pagó un alto precio por ello. Las Furias la mataron cuando no quiso revelarles ninguna información sobre los niños. Sin Rosalie, no sabríamos que los demás existían y no estaríamos aquí queriendo proteger a tu hijo, ni pidiéndole ayuda para derrotar a esas malvadas hermanas.

"Me han enviado para hablar con Haruto y explicarle a qué nos enfrentamos. Por supuesto, puede negarse, puedes negarte por él, pero sin él no podremos vencer a las malvadas diosas conocidas como Las Furias".

El dueño ofreció más té. Alfred lo rechazó, pero las manos del padre de Haruto temblaron ligeramente cuando levantó el té recién rellenado y bebió un sorbo.

"¿Haruto es el hijo menor?".

Alfred asintió.

"Háblame de los otros dos nuevos reclutas".

"Brandy muere y renace. Lachie puede hablar y ser comprendido por todas las criaturas".

"¿Esta Brandy renace cada vez como ella misma?" preguntó el padre de Haruto.

"Eso tengo entendido".

"¿Qué edad tiene?"

"Eso no lo sé con certeza, pero creo que es una adolescente. ¿Y eso qué importa?" preguntó Alfred.

"Porque renacer repetidamente permaneciendo en estado humano significa que Brandy está estancada en la etapa de Aprendizaje. Por lo tanto, le irá bien con otros que estén más avanzados que ella. Aprenderá de ellos y, tal vez, eso la ayude a alcanzar la siguiente etapa".

Alfred comprendió, en cierto modo, pero no dijo nada.

"Mi hijo no haría avanzar la vida de Brandy, por lo que no le permitiré participar en esta lucha. Siento haberte hecho perder el tiempo".

"Bueno, he venido hasta aquí, así que, ¿qué daño me hará hablar con él, contigo, con tu mujer y con tu madre presentes? Dale a elegir. Deja que decida. Si no le parece bien, si crees que es demasiado joven o que no está preparado, lo entenderemos, pero por favor, al menos hablemos con él de ello. A ver cuánto puede entender. Deja que sea él quien diga que no, entonces volveré al avión y no volverás a verme".

"¿Eres un cisne y vuelas en avión?", se rió, a carcajadas. Otros clientes de la cafetería se unieron a él, aunque no tenían ni idea de por qué se reía. Se reían porque el sonido de la risa del padre de Haruto era contagioso.

"Dime qué pretende hacer tu equipo y por qué. Entonces decidiré. Si consigues convencerme, tal vez te deje intentar convencer a Haruto".

"Cuando morimos, nuestras almas abandonan nuestros cuerpos y van a su descanso eterno en lo que se llama un Atrapaalmas. Sé que esto es diferente de lo que creemos, pero es cierto. Las Furias han estado matando a niños -niños que jugaban a juegos de ordenador- y luego han metido sus almas en Atrapasalmas destinados a otras almas. Cuando otros mueren, sus Almas no tienen adónde ir".

El padre de Haruto guardó silencio unos instantes.

"Si quiere, hijo mío, Haruto te ayudará. Te dirá cuál es su talento. Te dirá lo que quiere que sepas, y él decidirá".

"Gracias", dijo Alfred.

Se levantaron, salieron del café y se dirigieron a casa de Haruto. Cuando llegaron, la cena se sirvió de inmediato, y todos se pusieron al corriente de la misión.

"¿Qué ocurre con las otras almas? ¿Si no tienen adónde ir?" preguntó Haruto, dejando los palillos y bebiendo un sorbo de agua.

"Eso no lo sabemos con certeza", respondió Alfred. Miró al padre de Haruto, que asintió. "Pero Rosalie. ¿Te acuerdas de Rosalie?"

"Sí, la conocí y sé que murió", dijo Haruto. Se sentó muy erguido: "¿Quieres decir que su alma no tiene hogar? ¿Cómo puedo ayudarla a llegar a su hogar?".

"Me alegro de que quieras ayudar, Haruto", dijo Alfred. "El alma de Rosalie está a salvo en manos de dos aspirantes a ángeles que nos han ayudado a nosotros y a E-Z, en el pasado. Así que, por ahora, está bien.

"Antes de que te explique más, tengo curiosidad por saber cuáles son los poderes especiales que posees".

Haruto se levantó, miró a su padre, que asintió, y luego dijo. "Me muevo muy rápido". Y empezó a girar, cada vez más rápido, hasta que desapareció.

"¡Vaya!" dijo Alfred. "¡Eres como una versión en desaparición del Diablo de Tasmania!".

"Nunca nos cansamos de verle en acción", dijo su madre. Había estado notablemente callada hasta ese comentario. "Vuelve ahora, niña", dijo. "Vuelve".

Llegó de la misma forma en que había desaparecido, sólo que esta vez no pudieron verle dar vueltas hasta que reapareció. "¡Tengo hambre otra vez!" exclamó Haruto. Se sentó, volvió a llenar su plato y comió vorazmente.

"¿Siempre te da hambre?" preguntó Alfred.

"Siempre", dijo Sobo, ofreciendo más comida a su nieto. Él asintió, demasiado ocupado comiendo para contestar.

Cuando Haruto se hubo saciado, Alfred le explicó que E-Z's serviría de cuartel general, o base, del equipo. Se entretuvo buscando las palabras adecuadas para hablarles del peligro que correrían.

"Permíteme decir, antes de que aceptes, que las Furias son criaturas malvadas y horribles que castigan a los niños aunque no hayan hecho nada malo. Han estado arrebatando la vida a niños, por malos pensamientos, no por malas acciones, y secuestrando captadores de almas de otros. Tenemos que detenerlas y volver a poner las cosas en su sitio. Y son diosas extremadamente peligrosas y poderosas".

El padre de Haruto dijo: "¡Te prohíbo que vayas!".

"Pero padre, tú me has enseñado que mis acciones en esta vida, perdurarán en la siguiente. Por lo tanto, debo decir que sí". Miró a Alfred y dijo: "¡Cuenta conmigo!".

"Haruto, como tu madre y tu padre, queremos que tengas éxito, pero queremos que estés cerca de nosotros, no al otro lado del mundo con desconocidos".

Haruto se levantó de su asiento y echó los brazos al cuello de su abuela. Los dos susurraron en japonés para que Alfred no pudiera entenderlo.

"Sobo dice que me acompañará, pero teme que se acerque su hora. Si muere y no está en Japón, ¿cómo encontrará su alma el camino a casa?".

"Tenemos algunos arcángeles y arcángeles ayudantes trabajando con nosotros. Mantienen a salvo el alma de Rosalie y, si algo le ocurriera a tu abuela, estoy seguro de que también protegerían su alma. Hasta que sus Cazadores de Almas estuvieran preparados".

"Estoy muy orgullosa de ti -dijo Sobo-, y será un placer acompañarte en el vuelo. Me alegro de conocer al resto de los niños superhéroes. Este Sobo tendrá más nietos". Abrazó a Haruto.

La madre y el padre de Haruto se unieron a ella. Era un abrazo familiar. A Alfred se le saltaron las lágrimas. El llanto de un cisne es lo más triste del mundo.

Cuando se separaron, recogieron los platos y los pusieron a lavar. A todos les sirvieron té, excepto a Haruto.

"Prepararé mi maleta", dijo. "Buenas noches".

"Reservaré nuestros vuelos y te informaré de los detalles", dijo Alfred.

Volvió al hotel y reservó su vuelo. Luego envió todos los detalles a Charles Dickens. Esperaba que Charles pudiera reunirse con ellos en el aeropuerto de Heathrow y volaran todos juntos a casa de E-Z.

Tras un día agotador, Alfred saltó a su cama Queen Size. Machacó las almohadas y vio la televisión hasta que por fin se quedó dormido.

CAPÍTULO 7
EN CAMINO

CON TODOS LOS NIÑOS camino de la casa de E-Z, había en el aire una sensación de energía llamada esperanza. Esa energía parecía extenderse de un lado a otro del mundo. Tanto, que llegó hasta Las Furias.

Las tres diosas malignas danzaban alrededor del fuego que habían creado en un caldero con los huesos de los muertos. Se elevó una bola flamígera de varias cabezas. Ante sus ojos, se dividió en tres bolas de fuego.

Las diosas llenaron las bolas de fuego de energía creciente, hasta que pareció que las furiosas esferas iban a explotar. Entonces las enviaron en su camino, para encontrar y aplastar la esperanza que vivía en el corazón de sus enemigos.

La primera bola de fuego salió, hacia el destino más lejano alineada para encontrar y destruir a E-Z, Lachie y Baby. El objeto ardiente se desintegró por el camino, rompiéndose a gran velocidad, hasta que tuvo el tamaño de una bola de bolos. Se centró en el trío desprevenido contra el que avanzaba.

Fueron los sensores de la silla de ruedas de E-Z los que le alertaron del peligro que se avecinaba gracias a la mejora de Hadz y Reiki. El GPS detectó un objeto inanimado que se movía rápidamente, dirigiéndose hacia ellos.

"¡Algo viene hacia nosotros!" gritó E-Z. "Aterricemos y salgamos de su camino".

"De acuerdo", dijo Lachie, mientras el trío se dejaba caer.

Pero la bola llameante les siguió, como si tuviera un rastreador propio. No importaba lo bajo que bajaran, los seguía implacablemente.

Se detuvieron, flotando, agrupados, sin saber si debían aterrizar ahora o intentar burlarla de otra forma. Si aterrizaban y la cosa les seguía, podría matar o herir a otros. No querían poner a nadie más en peligro porque les persiguiera a ellos.

"¿Qué vamos a hacer? preguntó Lachie.

"Tú y Baby poneos a cubierto, dejad que mi silla y yo nos encarguemos".

"¡No os dejaremos!" exclamó Lachie y Baby asintió.

"Vale, pues ponte detrás de mí", dijo E-Z. Sabía que él y su silla de ruedas eran a prueba de balas, pero ¿lo eran a prueba de bolas de fuego? Iba a averiguarlo, en 5, 4, 3, 2, 1.

Baby extendió el cuello, lanzó un rugido con la boca abierta al máximo y la bola de fuego fue directa hacia él. Los ojos del dragón se abrieron de par en par y sus labios temblaron mientras contenía a la bestia ardiente que llevaba dentro. Luego se puso en marcha, con Lachie agarrado a su cuello para salvar la vida, volando lejos y buscando un lugar donde aliviarse de aquello que le quemaba por dentro.

Por fin, encontraron el lugar donde arrojarlo sin peligro al mar. El bebé abrió la boca y salió volando. Todavía en llamas, la cosa patinó sobre el agua, como si estuviera decidida a seguir viva, pero al final cedió y se desvaneció al hundirse en el océano.

"¡Sí!" gritó E-Z. "¡Así se hace, Baby!

Baby y Lachie volvieron al lado de E-Z: "¿Qué ha pasado?".

"¡Baby estuvo increíble! Tiró la bola de fuego al mar. Ahora no es más que otra roca".

"Gracias, Baby", dijo E-Z. "Estuvo un poco demasiado cerca".

"De acuerdo. Y Bebé se merece un capricho. Algo fresco para su garganta".

"Lo que Baby quiera", dijo E-Z. "Bajemos a tomar un descanso antes de continuar".

Lachie se abrazó al cuello de Bebé y bajaron a sacudirse su primer y esperaban que último encuentro con una loca bola de fuego.

"¿Crees que eran Las Furias?" preguntó Lachie.

"No creo que sepan de nosotros. Es decir, saben que existimos, pero no en concreto".

"Esa cosa se centró en nosotros. Intentó matarnos. ¿Quién si no querría matarnos?"

"Tienes razón, vino directamente a por nosotros. Probablemente fue una coincidencia. Eso espero".

"¿No deberíamos avisar a los demás?"

E-Z miró su teléfono. Tenía cero barras. "Mi equipo puede arreglárselas solo y no quiero asustarlos. Esperemos, ya que es algo aislado".

LAS FURIAS ENVIARON UN segundo disco en llamas en dirección a Yokohama. El avión de Alfred y Haruto ya estaba en la pista preparándose para despegar.

La bola de fuego voló hacia ellos, pero eligió una ruta desafortunada: pasó junto al robot de 59 pies que extendió el brazo, lo atrapó y lo aplastó. Las cenizas ardieron en la plataforma de abajo.

En el aeropuerto, el avión de Alfred y Haruto despegó sin problemas y la pareja nunca supo que eran el objetivo.

✳✳✳

L A TERCERA Y ÚLTIMA bola llameante salió en dirección a Phoenix, Arizona. Voló sin cesar, buscando su objetivo durante horas, pero fue incapaz de encontrarlo.

La Pequeña Dorrit era una unicornio excepcional, disponía de un escudo antidetección y siempre lo tenía a punto. Al fin y al cabo, la protección de sus pasajeros era la función principal de Little Dorrit.

Después de volar sin rumbo, la bola llameante, en lugar de deshacerse con la velocidad, aumentó de tamaño, hasta que tuvo el tamaño de un cometa. Entonces volvió a casa con sus legítimos dueños: Las Furias.

El objeto llameante, que no distinguía a un amigo de un enemigo, persiguió a las Furias chillonas por el Valle de la Muerte durante horas. Corrieron por sus vidas hasta que Tisi conjuró un hechizo.

Al principio, la bola se detuvo en el aire, y las tres diosas la observaron con satisfacción mientras caía en el caldero y se cubría de guiso de setas.

Alli voló hacia ella, cerrando la tapa.

Entonces Las Furias echaron la cabeza hacia atrás y la abuchearon, mientras bailaban, cantaban y reían.

Hasta que, dentro del caldero, se oyó un estallido. Como granos de palomitas, calentándose. Los sonidos se hicieron más fuertes, a medida que la tapa del caldero se abollaba desde dentro, y acabó levantándose lo suficiente para que las bolas de fuego recién nacidas pudieran escapar.

Las pequeñas bolas de fuego, al no tener adónde ir, se centraron en Las Furias, persiguiéndolas, mientras se extinguían una a una.

Cantando, agotadas y molestas, las tres diosas llamaron a Eriel para que viniera a ayudarlas, pero en esta ocasión no respondió.

***

MIENTRAS SEGUÍA VOLANDO POR el cielo en solitario, ya que Lachie y Baby viajaban más despacio debido a los efectos secundarios de Baby por haberse tragado la bola de fuego, E-Z evaluó a su equipo. Un par de veces en cola recibió mensajes que le confirmaban que ellos también pensaban en él.

Lia envió un mensaje que confirmaba los poderes de Brandy y Alfred había hecho lo mismo respecto a las habilidades de Haruto.

E-Z no había correspondido diciéndoles los poderes de Lachie. En lugar de eso, quería repasar las cosas para ver cómo les iría a él y a las habilidades de su equipo de siete (incluido Charles) contra las tres poderosas, aunque malvadas, diosas.

Haciendo inventario mental, recordó las ventajas de su equipo:

Puedo volar, mi silla también. Somos a prueba de balas y yo soy superfuerte. Soy un buen líder, soy inteligente y tengo una gran empatía.

Lia es incitante, empática, amable, inteligente y puede leer el pensamiento y el futuro.

Alfred es de mente fuerte, inteligente y, como miembro de más edad, sabio con la edad. Es empático, a veces puede leer la mente y puede curar a los enfermos.

Lachie se comunica con las criaturas. Es solitario, pero eso no es culpa suya. Es empático e inteligente. Sabe sobrevivir contra viento y marea y su habilidad para camuflarse le será muy útil.

Haruto es el más joven, pero es un superviviente. Es capaz de hacerse invisible.

Brandy ha muerto -varias veces- y ha vuelto a la vida. Sin duda, es una superviviente.

Por último, pero no por ello menos importante, está Charles Dickens. Sus habilidades son desconocidas. Pero es inteligente, empático y capaz de adaptarse.

Utilizando su teléfono cuando tenía suficientes barras, buscó documentos históricos en Internet para averiguar qué habilidades aportarían Las Furias:

Fuerza sobrehumana.

Resistencia, incluida una gran tolerancia al dolor.

Vitalidad.

Agilidad de araña.

Resistencia a las heridas y poderes curativos superrápidos.

Vuelo.

Cambio de forma: adopta la forma de otra persona.

Invisibilidad.

Podían infligir dolor a sus víctimas.

Meg podía segregar parásitos. YUCK.

Un momento, dice que Las Furias representaban históricamente la justicia. Dice que en el pasado sólo dañaban a los malvados y a los culpables... que los buenos y los inocentes no tenían nada que temer. Entonces, ¿qué cambió? ¿Por qué sintieron la necesidad de matar a niños inocentes utilizando el juego para hacerlo?

Siguió leyendo, preguntándose cómo mataban exactamente a los niños. Según la leyenda, las Furias nunca dañaban físicamente a ninguno de los malhechores. En cambio, utilizaban la culpa para volverlos locos.

Pensó en el niño que había intentado dispararle. Le habían convencido de que si no hacía lo que le decían, harían daño a su familia. Se preguntó dónde estaría ese chico ahora. ¿Estaría en uno de los Cazadores de Almas?

Siguió buscando para averiguar si Las Furias eran capaces de tener piedad y no pudo encontrar ninguna prueba de ello.

Añadió a la lista algo que ya sabían: Las Furias eran mortales. Eso era algo que él y las diosas malignas tenían en común, y él y su equipo tendrían que encontrar la forma de utilizarlo en su beneficio.

Lachie y Baby alcanzaron a E-Z.

"¿Cómo está Baby?", preguntó.

"Ya está mejor", respondió Lachie.

Baby echó la cabeza hacia atrás, soltó un rugido y se adelantó a toda velocidad.

"¡Espérame!" gritó E-Z.

CAPÍTULO 8
LAS FURIAS

CON LA SUCIA SENSACIÓN de esperanza aún apestando el aire, Las Furias esperaron. Habían reparado sus ropas chamuscadas y recortado sus cabellos quemados. Por suerte, las serpientes permanecían ilesas. Para estar presentables ante la inminente llegada de su invitado.

Era su benefactor. El que les había traído de vuelta a la Tierra. Sugiriéndoles que establecieran su base en el corazón indetectable del Valle de la Muerte.

Antes del fallo de la bola de fuego, habían visto señales. Señales de que ahora todo se volvía contra ellos. El cambio era bueno, pero sólo si lo controlaban. Se acercaba su hora. Tenían que estar preparados para moverse. Las cosas se estaban volviendo a su favor. Sólo tenían que esperar. Y luego estar preparados para saltar.

"Eriel", siseó Meg.

El arcángel, su amado líder, había llegado por fin.

"¿Qué novedades hay?" preguntó Tisi. "Estamos disgustados con tanta esperanza en el aire".

"Sí, esto de la esperanza nos está deprimiendo", cantaron Tisi y Allie mientras bailaban alrededor del fuego ardiente.

Él las observó, bailando desnudas como banshees. Haciendo crujir sus látigos, mientras las serpientes que tenían por brazos y pelo se deslizaban y escupían al azar.

Eriel descendió sobre ellas como una nube negra, aterrizó y luego cerró sus alas. Su enorme estatura hacía que Las Furias parecieran muñecas. Se puso de pie con las manos en las caderas y luego se arrodilló para ponerse a la misma altura que ellas. Era su forma de ponerse a su nivel y, al mismo tiempo, permanecer por encima de ellas. Quería que supieran que trabajaban para él y no al revés. Estaba harto de recalcárselo a las hermanas y, sin embargo, temía que fuera la única forma de mantenerlas a raya.

"No hay esperanza, no ahora que trabajamos juntos", dijo Eriel. "Y no te rías. Bueno, supongo que puedes reírte. Es lo que hice cuando me enteré de que iban a enviar a un equipo de niños a matarte".

Las Furias estaban histéricas. Sus voces resonaron por todo el Valle de la Muerte y espantaron a todos los pájaros.

"¡Esos idiotas!" dijo Meg.

"Nos comeremos a esos niños, para desayunar, comer y cenar", dijo Tisi, relamiéndose.

"No comemos niños", dijo Alli. "Pero eres graciosa, hermana. Sólo queremos sus almas. Y no recuerdo POR QUÉ las queremos. Explícamelo otra vez, querida hermana".

Meg dijo: "Cumplimos las órdenes de Eriel. Quiere los Cazadores de Almas y se los estamos consiguiendo. Una vez cumplamos sus exigencias, volveremos a ser Hijas de Nyx -Las Amables- y gobernaremos la noche y haremos lo que nos plazca."

"Entonces, si quiero probar a uno de los niños, podré hacerlo, ¿verdad? preguntó Tisi. "Siempre me he preguntado a qué sabrían". Puso los ojos en blanco y olfateó el aire. La serpiente que llevaba en la cabeza se abalanzó hacia él.

Eriel se burló. "No son niños corrientes, como los que acechas en el juego. Son niños superdotados, con poderes y habilidades. Aun así, te mantendré informado y necesitarás mi ayuda".

"¿Tu ayuda? ¿Para derrotar a niños, meros bebés?!", rió el trío, y revolotearon elevándose del suelo con sus poderosas alas de murciélago. "Les venceremos antes incluso de que ataquen". Las serpientes siseaban y escupían en señal de acuerdo.

"Como hicimos en la sala blanca. Como hicimos con su amiga Rosalie. No quiso decirnos a quién enviaban a por nosotros. Queríamos saberlo y estábamos cansadas de esperar a que nos lo dijera. Así que la sacamos -dijo Meg.

"¡Sí, y casi regaláis el partido! Además, es una pena que no recogierais su alma y la pusierais en un Atrapaalmas", dijo Eriel. "Ahora quedan cabos sueltos. Los cabos sueltos pueden convertirse en pistas para quienes los buscan".

Miraron al cielo y vieron una raya de colores como un arco iris que se extendía de un lado a otro. Sólo que no era un arco iris, sino energía. La energía de aquellos a quienes los arcángeles habían reclutado para hacer lo que ellos mismos eran incapaces de hacer.

"¡Sabemos que vienen, y no tendrán ninguna oportunidad contra nosotros!" chilló Tisi.

Bueno, ¡han conseguido vencer a esas bolas de fuego infantiles que enviasteis!". exclamó Eriel. "¡Un intento tan pobre y aficionado como fue! ¡Hizo que me avergonzara de trabajar contigo! Menos mal que nadie conoce nuestra conexión".

Con los puños y los dientes apretados, Las Furias no avanzaron hasta que Alli rompió el hielo.

"Hermanas, su opinión sobre nosotras no importa. Hicimos lo que pudimos. Valía la pena intentarlo. Además, ya tenemos muchas almas a nuestra disposición". Removía la olla, sorbía un poco de sopa en un cucharón y luego la escupía. "Demasiada sal", dijo. Añadió agua, luego setas silvestres y algunas patatas pequeñas. "Y cada día recogemos más almas de niños. Estoy harta de esperar aquí a que los niños superhéroes vengan a nosotros. A que se organicen. Cuando estén todos juntos, ¿por qué no los MATAMOS?".

"Hermana, debes tener paciencia".

"Estoy cansada de ser paciente. Estoy cansada de… Estoy simple y llanamente cansada", dijo Alli. Revolvió y, tras echar unas cuantas hierbas silvestres y especias, probó la sopa, y estaba buena. "La cena está lista", dijo.

"Tendrás paciencia y no actuarás, a menos que yo te diga que actúes. Éste es mi juego y os he invitado a jugar. Sin mí, sólo sois tres diosas inútiles, durmiendo el resto de vuestras vidas". Pateó la arena con la bota. "Y es una verdadera lástima que tengáis que consumir comida humana. Toda una degradación, ya que ahora necesitáis sustento para sobrevivir. Cuando gobierne la tierra y todos los Atrapaalmas residan aquí, pulsaré PAUSA TIERRA. Gobernaré la Tierra y si juegas bien el juego. Si haces lo que te pido, entonces estarás a mi lado. Compartiendo las ganancias. Si vas contra mí, entonces volverás al polvo".

Tras pronunciar la palabra polvo, abrió los brazos y las alas, se elevó del suelo y desapareció.

Las Furias cantaron juntas mientras sorbían su sopa. Las serpientes, que eran las más hambrientas, la lamían y, aunque limpiaban la olla, aún querían más.

"Ahora que se ha ido", dijo Meg, "hablemos de nuestro propio final".

Tisi y Alli soltaron una carcajada.

"Eriel cree que nos devolverá a nuestro estado de Diosas, pero no vamos a dejar que ese arcángel se apodere de la Tierra. ¿Quién nos dice que no nos dejará en la cuneta cuando hayamos hecho todo el trabajo? Los arcángeles no siempre cumplen sus promesas. Nosotras tampoco tenemos por qué cumplir las nuestras, ¿verdad, hermanas?".

"¿Quién se cree que es El Elegido?". preguntó Alli.

Meg se rió. "No es elegido por nada ni por nadie, pero aun así le necesitamos".

"Sí", dijo Tisi. "Su prepotencia es su defecto". Cada vez que habla, se debilita. Cada vez que traiciona a los otros arcángeles, regala un poco más de su poder".

Una vez más, las hermanas rompieron a cantar:

"La sangre de los niños reclutados será la sopa de mañana.

Después de cenar, nos divertiremos con un hula-hoop".

Meg retomó la canción,

"Bebés, niños pequeños malvados y culpables como el estiércol

Diremos que les corten la cabeza si nos da suerte".

cantó Alli,

"Hijas de la Oscuridad contra niños que no tienen ni idea.

El cielo lloverá sangre antes de que acabemos".

Cacareaban y siseaban haciendo chasquear sus látigos y bailando mientras la luna se elevaba cada vez más en el cielo. Agotadas, cayeron al suelo y durmieron en la tierra. Las serpientes preferían esta postura -y también dormir- antes que sisear y moverse toda la noche.

"Buenas noches, hermanas", decían en rondas, igual que veían hacer a los humanos en Los Walton en la televisión a través de su antena parabólica. Era uno de sus programas favoritos. "Y por la mañana volveremos a revisar el plan".

CAPÍTULO 9

PAFHS9

E RA UNA COMPETICIÓN PARA Sam y Samantha, que esperaban a ver qué grupo de niños regresaba primero. El ganador se levantaría con los gemelos todas las noches durante un mes entero, así que había mucho en juego.

Sam eligió a E-Z, Lia y después a Alfred. Samantha eligió a Alfred, E-Z y luego a Lia.

"Pero E-Z está en Australia", reprendió Samantha. "Vas a perder. Pensaré en ti -NO- cuando esté durmiendo toda la noche durante un mes".

"¡Has elegido a Alfred y va en avión! Ya sabes que siempre sobrevuelan y rara vez cumplen sus horarios. ¡Mientras que E-Z puede ir y venir a su antojo y su silla de ruedas viaja asombrosamente rápido! Voy a ganar, y estoy tan seguro, que endulzaré la apuesta y haré que sean seis meses. ¿Estás dispuesta a aumentar la apuesta?".

Samantha consideró esta nueva oferta. Las apuestas de este tipo podían perjudicar a un matrimonio, y ya estaban faltos de sueño con los dos despertándose cada noche para atender a los gemelos. Le abrazó: "Hagámoslo sencillo. Un mes".

"Pollo", dijo Sam, rodeando a su mujer con los brazos. La besó en la frente mientras Jill soltaba un gemido al que Jack no tardó en unirse. "Me voy", dijo.

"Vayamos juntos", dijo Samantha, cogiendo la mano de su marido y saliendo por el pasillo.

Little Dorrit regresaba a toda velocidad.

"¿No podemos bajar a tomar algo?" preguntó Brandy.

"Simplemente no", dijo Little Dorrit.

"Vamos", dijo Lia, "sólo tardaremos un par de minutos".

"No quiero asustaros", dijo Little Dorrit, "pero tengo un mal presentimiento y quiero que salgamos del descampado cuanto antes".

"De acuerdo", convinieron las dos chicas.

Ya casi en casa, Lia envió un mensaje a Samantha, diciéndole que llegarían en unos minutos.

"¡Ah, las dos nos equivocamos!", dijo.

"Pero una de nosotras seguirá teniendo que levantarse todas las noches con las gemelas", dijo Sam.

"Nos turnaremos", dijo Samantha, mientras ella y Sam, ahora que los gemelos se habían vuelto a instalar para la siesta, salían al jardín. Pronto pudo ver a la Pequeña Dorrit, que se acercaba para aterrizar.

Lia y Brandy bajaron de un salto.

"Ha estado muy bien", dijo Brandy. "Gracias, Pequeña Dorrit". Abrazó a la unicornio, que respondió: "De nada".

"Sí, gracias por cuidarnos", dijo Lia.

"Cuidaros, ¿ha habido algún problema?". preguntó Sam.

"Nada que no pudiera solucionar", dijo Little Dorrit. "Ahora, si no me necesitáis durante un rato, me gustaría ir a por agua y un tentempié".

"Adelante", dijo Sam, "y gracias por cuidar de nuestras niñas".

La pequeña Dorrit le guiñó un ojo a Sam, se marchó y pronto se perdió de vista.

Tras las presentaciones con Sam y Samantha, Brandy llamó a casa para informar a su madre de que habían llegado bien.

Unas horas más tarde llegaron Alfred, Charles, Haruto y su abuela. Como antes, se hicieron las presentaciones, a las que se añadieron Brandy y Lia.

"No puedes ser EL Charles Dickens", dijo Brandy, con las cejas levantadas. "Y tú no eres más que un crío que apenas ha dejado los pañales", le dijo a Haruto, que en respuesta se hizo invisible.

"¡Uy!" exclamó Brandy. "¡Y tú, eres un gran cisne emplumado! Cómo vas a ayudarnos a derrotar a Las Furias!".

"En primer lugar -empezó Alfred-, eres más grosero de lo que deberías. Incluso un cisne poco sofisticado como yo tiene modales".

"¡Anata wa gakidesu!" dijo la abuela de Haruto, que traducido significa "¡Eres un mocoso!".

Se oyó una risita procedente del Haruto invisible.

Lia intervino y se disculpó: "Yo la pondré al corriente. Ella es guay. Dale un poco de tiempo para que se adapte", dijo. "No sabía hasta ahora, cuando lo he visto por mí misma, lo que Haruto podía hacer". Al niño le dijo: "Vuelve, Haruto, por favor. No quería herir tus sentimientos".

"Lo siento", dijo Brandy con los ojos bajos hacia el suelo.

Haruto regresó, desvaneciéndose. Estaba de pie con el brazo alrededor de la cintura de su abuela. Alfred y Charles se acercaron a ellos.

"Acabamos de bajar de un avión y estamos cansados, así que vamos a refrescarnos. Cuando volvamos, espero que le pongas una correa, o un trozo de cinta adhesiva en la boca. O enséñale modales -dijo, y se alejó por el pasillo con los otros dos a cuestas.

"¡Vaya!" dijo Brandy. "¡Vaya! Dije que lo sentía".

"No, tenía razón", dijo Lia.

Samantha dijo: "Ahora estás en nuestra casa y no permitiremos que seas grosera con nadie".

Sam cruzó los brazos sobre el pecho, justo cuando los gemelos empezaron a gemir de nuevo.

"Deben de tener hambre. No te preocupes, me las arreglaré", dijo Samantha, pero antes de marcharse fulminó a Brandy con la mirada.

"Brandy, estás en un lugar extraño, donde aún no conoces a nadie más que a Lia y a la pequeña Dorrit", dijo Sam. "Si quieres formar parte de este equipo, para derrotar a Las Furias, tienes que trabajar unida. Insultar a tus compañeros de equipo no es una forma eficaz de empezar. Te sugiero que vuelvas a disculparte como si lo dijeras en serio cuando vuelvan y pidas empezar de nuevo".

Los ojos de Brandy se llenaron de lágrimas: "Sólo me sorprendió ver a los otros miembros del equipo con los que trabajaré. Pero tienes razón, volveré a disculparme y pediré otra oportunidad. Espero que me perdonen. Mamá siempre dice que soy demasiado franca para mi propio bien".

Lia sonrió. "Te encantará Alfred cuando lo conozcas. También es la primera vez que conozco a Charles en persona. Charles se encuentra en una situación extraña. Cuando tenía diez años, fue en 1822. Piensa en ello. Y también es la primera vez que conozco a Haruto y a su abuela".

"¡Es una locura! James Monroe era presidente entonces, ¡y fue nuestro quinto presidente!". exclamó Brandy. Le dio un codazo a Lia: "¡Mamá y papá estarían muy impresionados de que recordara esa información! Y el chico, quiero decir Haruto, parece demasiado joven para arriesgar su vida".

Lia se rió y Sam se unió a la carcajada, pero al oír que su mujer le llamaba para que le ayudara con los gemelos, salió corriendo de la habitación.

Carlos respondió: "Jorge IV estaba en el trono cuando estuve aquí la última vez. Al menos no tengo que preocuparme por volver al hospicio el año que viene -dijo con una sonrisa que se desvaneció rápidamente.

Lia emitió un chillido involuntario, mientras Brandy rompía a llorar y decía: "Lo siento mucho, Charles".

"Ah, entonces has oído hablar de las casas de trabajo", dijo él. "Pero yo estoy aquí y sobreviví a ello y, al parecer, utilicé mi experiencia para escribir sobre personajes como Oliver Twist y La pequeña Dorrit, por mencionar dos. Sí, he estado leyendo sobre mí en Internet y tengo que decirte que hasta me he impresionado a mí mismo".

"Aún no has conocido a la Pequeña Dorrit, el Unicornio", dijo Lia. "Se fue a tomar un refresco, pero volverá pronto".

"¿Quién? preguntó Charles.

La pequeña Dorrit reapareció sobre sus cabezas y aterrizó rápidamente.

"Little Dorrit, éste es Charles Dickens. Charles, ésta es Little Dorrit", dijo Lia.

Charles se quedó sin habla, mientras la simpática unicornio le acariciaba con el hocico. "Nunca soñé ni en un millón de años que conocería a un unicornio".

"Encantada de conocerte, Charles", dijo la Pequeña Dorrit.

Charles soltó un grito ahogado: "¡Y además una que habla muy bien!". Tenía un millón de preguntas que hacerle, pero tendrían que esperar porque, en el cielo, E-Z, Lachie y Baby estaban a punto de aterrizar. "¿Estoy despierto o soñando? preguntó Charles. "Pellízcame, así estaré seguro".

Una vez que Baby aterrizó y Lachie se apeó, se hicieron presentaciones por todas partes mientras E-Z se apresuraba a entrar para ir al baño. Cuando volvió, Sam y Samantha con los gemelos a cuestas, Haruto y Alfred se unieron a ellos.

"La pandilla está toda aquí", dijo Alfred.

"¿Puedo hablar contigo y con Haruto?", preguntó Brandy. Cuando asintieron, dijo: "Lo siento muchísimo. Por favor, perdonadme por mi grosería y dadme una segunda oportunidad". Se miró los pies.

"Empecemos de nuevo", dijo Alfred.

"Saikai suru", dijo Haruto y luego tradujo: "Lo que ha dicho".

"Anata wa yurusa rete imasu", dijo la abuela de Haruto, que traducido significa: "Estás perdonado".

El bebé y la pequeña Dorrit, uno al lado del otro, eran un espectáculo muy extraño de ver. La Pequeña Dorrit no era pequeña, era un unicornio que medía más de dos metros y medio, mientras que Bebé, no era un bebé en estatura, ya que medía más de cuatro metros y medio.

"Eh, creo que vosotros dos -refiriéndose a Bebé y a la Pequeña Dorrit- vais a tener que buscar otro sitio para dormir, ya que el jardín no será lo bastante grande para vosotros dos", dijo E-Z.

Little Dorrit dijo: "Conozco un sitio y podemos conseguir algo delicioso para comer y también agua".

"Me parece bien", dijo Bebé.

La abuela de Haruto le dio unas palmaditas en la cabeza y preguntó: "¿Josha wa dodesu ka?", que traducido significa: "¿Te llevo?".

Baby dijo: "Tashika ni, tobinotte!", que traducido significa: "¡Claro, súbete!".

Haruto se acercó corriendo y dijo: "Matte watashi o wasurenaide!", que traducido significa: "¡Espera, no te olvides de mí!".

Bebé se bajó para que Haruto y su abuela pudieran subirse a su espalda. Echaron a volar, con la Pequeña Dorrit siguiéndoles de cerca.

Sam dijo: "Creo que todo el mundo debería instalarse y mañana podréis hablar y planear todo lo que queráis".

"Buena idea", dijo E-Z, mientras Baby dejaba a Haruto y a su abuela. Sobo tenía los pelos de punta, como si hubiera metido el dedo en un enchufe.

Mientras la abuela de Haruto se quedaba sin habla, Samantha la condujo a su habitación. "Haruto duerme en mi habitación", dijo.

"Claro, ahora vuelvo". Se dirigió por el pasillo a la habitación de E-Z.

"¿Qué tal ha ido?" preguntó E-Z a Haruto.

"¡Subarashi!", exclamó, que traducido significa "¡Fantástico!".

"Hoy nos han traído un catre y unas literas", dijo Sam, "así que Haruto, Charles y Lachie, estáis con E-Z y Alfred en su habitación. Alfred duerme al final de la cama de E-Z".

"Gracias", dijo E-Z mientras se dirigían a su habitación. "Por cierto", dijo cuando se quedaron solos, "¿alguno de vosotros tuvo problemas en el camino de vuelta?".

Alfred dijo que no.

"¿Y tú, Lia?", preguntó en su mente.

"No".

"Entonces, ¿qué pasó?" preguntó Alfred.

"Bueno, teníamos una bola de fuego en nuestro camino".

Lia jadeó.

"Pero gracias a la rapidez mental de Baby, fue destruida".

"¿Cómo consiguió destruirla?" preguntó Alfred.

"Bebé se la tragó y luego la arrojó al océano".

"Eso da miedo", dijo Haruto.

"Sigo un poco preocupado por Bebé", dijo E-Z, "porque en el camino de vuelta me di cuenta de que tosió y estornudó un par de veces".

Lachie dijo: "Incluso le salieron chispas por la boca y las fosas nasales. Dice que está bien, pero le vigilo de cerca".

"No podemos llevarlo exactamente al veterinario, ¿verdad?". dijo Alfred.

Haruto rió y rió.

"¿De qué te ríes?" preguntó E-Z.

"Hyoryu Doragon", dijo. "¡Hyoryu Doragon!" - que se traduce como veterinario dragón- y volvió a rugir de risa.

Alfred y E-Z se encogieron de hombros, al igual que Charles, que cambió de tema preguntando si los demás pensaban que debían inventar un nuevo nombre para su equipo, ya que ahora eran siete en lugar de tres.

"Tal vez", dijo E-Z.

"¿Cuáles son nuestras características clave?" preguntó Charles.

"Promesa", sugirió Haruto, ya que se había calmado y había dejado de reír.

"Aspiración", dijo Charles.

"Fe", dijo E-Z.

"Esperanza", dijo Alfred.

Samantha escuchó fuera de la puerta durante unos minutos. Todo parecía bastante amistoso, así que volvió para hablar con la abuela de Haruto.

"Haruto se está instalando con los otros chicos y están charlando. Puedes trasladarlo aquí mañana si quieres. Allí tiene su propia cuna. Estaban planeando un nuevo nombre para su equipo de superhéroes, así que no quería interrumpir su sesión de lluvia de ideas".

La abuela de Haruto asintió: "Gracias".

Lia y Brandy participaban ahora en la conversación de habitación a habitación.

"Fuerza x 7", sugirieron las chicas.

"A veces puede leer nuestros pensamientos", confirmó E-Z.

Charles exclamó: "¿Qué te parece PAFHS7?".

"Me gusta", dijo E-Z, "pero ¿no nos estamos olvidando de dos miembros clave de nuestro equipo? Me refiero a Little Dorrit y Baby. Son miembros integrales y ya nos han salvado el culo un par de veces".

Alfred repitió las palabras, al igual que Haruto.

"¡Y qué pasa con PAFHS9!" gritaron Lia y Brandy.

PAFHS9 no pudo evitarlo, se rieron... hasta que oyeron a alguien caminando por encima de sus cabezas en el tejado.

"¿Qué demonios ha sido eso?" preguntó E-Z.

"¡Yoo-hoo! Somos nosotros!" dijo Rafael. "Eriel y yo.

CAPÍTULO 10
JALEO EN EL TEJADO

SAM SE PREGUNTÓ SI la Navidad se había adelantado cuando salió en albornoz para investigar el alboroto en el tejado. No pudo ver quién estaba allí arriba, hasta que estuvo de pie en el centro de su jardín delantero.

"¡Shhh!", susurró. "Acabamos de dormir a los bebés".

Los arcángeles no respondieron. En lugar de eso, agacharon la cabeza como dos niños regañados.

"¿Queréis entrar?", preguntó.

"Muchas gracias", respondió Rafael.

POOF

POW

Ella y Eriel desaparecieron.

Sam no se movió enseguida del césped. Tenía los pies mojados por el rocío de la hierba y, mientras se metía los puños en los bolsillos de la bata, vio a Little Dorrit y a Baby dando vueltas por la casa.

"¿Va todo bien ahí abajo?" preguntó Little Dorrit.

"Sí", dijo Sam, "pero no te alejes demasiado por si acaso. Silbaré si necesitamos ayuda". Hizo un gesto con la mano y volvió a entrar en la casa, que ahora estaba llena de voces y de sillas que se rascaban. Apretó los dientes y esperó que los gemelos estuvieran durmiendo a pierna suelta. Ya en la cocina, se dio cuenta de que todo el mundo estaba despierto, excepto la abuela de Haruto.

Rafael, que estaba sentado a la cabecera de la mesa, se parecía ahora a la mujer que iba vestida de enfermera en el hotel cuando le salvaron la vida a Alfredo. Su larga y vaporosa toga, similar a la de una graduación, aumentaba su estatus entre los demás, como si fuera un profesor sentado o un juez.

Eriel, por su parte, había alterado su aspecto para parecerse a un cantante fallecido cuya marca de fábrica era vestirse de negro de la cabeza a los pies, incluidas unas gafas de sol de montura oscura.

"¿Necesitamos más sillas?" preguntó Samantha.

"Creo que estamos bien", dijo Sam. "Espero que esto no lleve mucho tiempo. Ah, y E-Z, tú ocupa el otro extremo de la mesa, ya que eres nuestro líder electo".

"Eh, gracias", dijo E-Z colocándose en su sitio. "Entonces, ¿qué demonios hacéis vosotros dos aquí en mitad de la noche?".

Brandy se rió: "¿Y quién ha dicho que yo sea la maleducada?".

Lia dijo: "Shhh".

Rafael miró a cada uno de los niños. Era la primera vez que veía a Haruto, Charles, Brandy y Lachie. Eran todos tan increíblemente jóvenes, tan valientes. Sus ojos se humedecieron cuando su mirada se posó en E-Z. Inclinó la cabeza.

E-Z esperó y se dio cuenta de que Rafael le estaba pidiendo permiso para hablar. Asintió con la cabeza.

Antes de hablar, Rafael se ajustó sus nuevas gafas. Al hacerlo, hizo que E-Z se ajustara sus viejas gafas que, como le había pedido su propietario original, nunca se quitó de la cara.

Charles, que cada vez estaba más impaciente, preguntó: "Señora, ¿por qué estoy aquí como un niño de diez años cuando sería mucho más útil para este equipo como adulto?

"¡SILENCIO!" exclamó Eriel, golpeando la mesa con los puños. "Tenemos la palabra. Habla, hermana, pues estos niños están cada vez más impacientes. Sus ojos parpadean y recorren la habitación. Como si esperaran que los arrojaras a cubas calientes de cera".

"¡Grosero!" exclamó Brandy. "¡No te tengo miedo!".

"Shhh", susurró Lia.

Charles sonrió a Brandy.

"Deberías tener miedo", dijo Eriel con una mueca. "Mucho miedo".

"¡Orden! Orden!" gritó Raphael y esperó a que todos estuvieran sentados y más tranquilos. "Estamos aquí esta noche en vuestro beneficio". dijo Rafael en voz más alta de lo que ella esperaba.

"¡Aquí! ¡Aquí!" intervino Eriel.

"¿Cómo es eso? preguntó E-Z.

"Te lo dirá si te callas". afirmó Eriel.

Raphael volvió a esperar antes de volver a hablar.

"No hay tiempo para planes extravagantes ni demoras. Las Furias están causando estragos, cada día más, pirateando Cazadores de Almas. Arrojando almas viejas al vacío abierto. ¡Es un caos absoluto ahí fuera! Y están creando más con cada segundo, cada minuto, cada hora de cada día. En resumen, hay que detenerlos. Inmediatamente".

"Pero..." dijo Alfred, "ni siquiera has mencionado a los niños".

Eriel se levantó de la silla. Miró fijamente a Alfred, obligándole a apartar la mirada. "Aún no ha terminado".

Rafael continuó sin vacilar esta vez.

"Nosotros, Eriel y yo, estamos aquí para aconsejarte, sin implicarnos directamente. Nuestra misión es ayudaros, ayudaros a salvar a los niños".

A E-Z no le gustó nada cómo sonaba aquello. Golpeó la mesa con los puños.

"Ya hemos acordado luchar contra Las Furias. Primero debemos prepararnos, formular un plan. Cuando estemos preparados, las destruiremos. Si has venido aquí para meternos prisa, para empujarnos a la batalla antes de que sea el momento adecuado, entonces, como he sido elegido líder, me gustaría retirarme. Sólo somos niños y nos pides que pongamos en peligro nuestras vidas. No estoy, no estamos, dispuestos a avanzar hasta que estemos totalmente preparados".

Lia se levantó primero y empezó a aplaudir, y el resto de su equipo se unió a ella.

"Lo que ha dicho", arrulló Alfred, ya que los cisnes no pueden aplaudir.

"¡Esperad!" dijo Raphael. "No estamos aquí para empujarte, sino para ayudarte".

El color de Eriel cambió de blanco a rojo, en extremo contraste con su atuendo negro. E-Z y los demás observaron cómo la tez del arcángel seguía enrojeciendo, temiendo que le estallara la cabeza.

"¡Cálmate y siéntate!" ordenó Rafael. Eriel respiró hondo unas cuantas veces y volvió a hundirse en su asiento.

Raphael mantuvo la calma con la cabeza bien alta. Echó la silla hacia atrás y se levantó. Y siguió elevándose hasta que estuvo por encima de los demás. Se acomodó, como si estuviera montada en una alfombra mágica, e inclinó la cabeza hacia la derecha como si estuviera posando para un selfie.

"Estamos comprometidos contigo y con la tarea, pero nuestros poderes tienen limitaciones. Si conoces el dicho 'estamos aquí por ti en espíritu', eso es lo que somos. Hoy nos hemos saltado todas las normas al venir aquí, a tu casa. Lo hemos hecho contra el consejo de nuestros superiores y contra el sentido común.

"Al venir aquí, nos hemos expuesto a peligros invisibles y desconocidos, pero tú vales el riesgo. Por eso hemos decidido venir a ofrecerte nuestra ayuda en persona".

"Además, entendemos que has estado formulando un plan y estamos aquí como tus cajas de resonancia. Puedes probarlo con nosotros, a ver si vuela. Si detectamos algún fallo, lo señalaremos y te ayudaremos".

E-Z miró a los miembros de su equipo, que volvieron a sentarse. "Estamos considerando la opción de atraer a las diosas a un juego y derrotarlas allí".

"Ah, ya veo", dijo Rafael. "Crees que puedes vencerlas en su propio juego, por así decirlo, inteligente. Bastante inteligente, pero me temo que no lo suficiente".

"¿Qué quieres decir?"

"Han descubierto cómo manipular y controlar a todos los jugadores del mundo del juego. Conocen todos los trucos del libro, porque la industria lo ha puesto fácil una vez que entras en el juego. Para jugar, debes matar. Para avanzar, debes matar. Para ganar, debes matar.

"Dentro del mundo del juego E-Z, tú también tendrás que matar. Una vez que lo hagas, serás presa fácil para Las Furias. Podrían capturaros a cada uno de vosotros, uno por uno. Allí no podéis formar un equipo. Los equipos dentro del juego son meras ilusiones. Ningún jugador estaría exento de su complot vengativo.

"Recuerda que las diosas tienen un mandato: castigar a los impunes. Y lo están cumpliendo a rajatabla, sin peros. Sin embargo, están utilizando una zona gris en su beneficio. Nada puede detenerles, siempre que cumplan el mandato". Se detuvo y miró a Eriel: "¿Algo que quieras añadir?".

"Si yo fuera tú -dijo-, les atacaría de frente y a campo abierto. Donde y cuando menos se lo esperaran. Te colocaría en una posición de poder y les haría vulnerables".

"Eso si no nos ven, o no intuyen que vamos a por ellos", dijo Brandy. "Sigo sin entender cómo están matando a los niños. Debemos verlo, para comprenderlo y saber a qué nos enfrentamos. Dije que ayudaría, pero sin duda esperaba información más específica".

"E-Z", preguntó Rafael, "¿estás dispuesto a devolverme mis gafas? ¿Por poco tiempo? Con ellas, podré mostrarte la técnica de Las Furias. Cómo atrapan a los niños dentro del juego en tiempo real. Brandy tiene razón, ver para creer, pero no puedo hacerlo sin mis gafas originales. Sólo tú puedes tomar esa decisión. Si realmente quieres ver. Si realmente quieres saber".

"Genial", dijo Brandy. "Vamos a ello, E-Z".

Eriel miró al techo. "Ophaniel me ha convocado. Ahora debo irme". Hizo una reverencia.

ZIP

Desapareció en la noche.

E-Z se quitó las gafas rojas y las dobló, antes de entregárselas a Rafael, que seguía flotando sobre la mesa. Las gafas, cuando las cogió, volaron a sus manos.

Raphael le quitó las gafas nuevas y pulió las viejas antes de ponérselas en la cara. Sonrió, mientras ella y todos los demás presentes en la sala observaban cómo la sangre se movía por las monturas en forma de serpiente, como si volviera a familiarizarse con ella.

Cuando la sangre de las gafas volvió a su cauce de Raphael, se las puso en la cara y luego apuntó hacia la pared mientras de sus gafas emanaban potentes luces estroboscópicas brillantes, como las que esperarías ver en una sala de cine.

"Antes de empezar -dijo Raphael-, esto no es para pusilánimes. Lo que estáis a punto de ver está clasificado como Acompañamiento Adulto. No creo que Haruto deba verlo".

Samantha dijo: "Vamos, Haruto. Tú y yo podemos ver un poco la televisión en la otra habitación".

Los dos se fueron. Y empezó el programa.

En la pantalla aparecía un niño pequeño. De unos siete, quizá ocho años. Aunque era de madrugada, estaba sentado delante del ordenador. En la cabeza tenía unos auriculares. Delante de su boca había un diminuto micrófono que estaba sujeto a su casco.

"¡Te tengo!", dijo. "Lo único que necesito es una muerte más y pasaré al siguiente nivel".

HHIIIIIIIISSSSSSSSSSS.

Y ellos también pudieron oírlo.

"¡Eres un asesino!"

"Sólo los chicos malos matan, y tú eres un chico malo. ¿Sabe tu madre qué clase de chico malo asesino eres?".

"Estoy jugando a un juego", dijo. "Sólo es un juego y si no mato, no puedo avanzar".

"Pobre chico", dijo E-Z.

Se hizo el silencio.

El chico reanudó su juego. Pronto llegó el momento de volver a matar. Esta vez dudó.

"Adelante. Ya has matado una vez, sabes que fue divertido, así que adelante, mata otra vez. Sabes que quieres hacerlo".

"¡No!", dijo.

"No importa. Sólo necesitamos matar una vez".

Entonces el siseo volvió a hacerse muy fuerte, más fuerte, más fuerte, más fuerte.

"¡Para!", gritó.

"¡Para, Rafael!" gritó Lia.

"No puedo", respondió el arcángel. "Dijiste que querías ver cómo lo hacen. Si alguno de vosotros está demasiado asustado, salid de la habitación o tapaos los ojos. Brandy tenía razón, tenéis que verlo por vosotros mismos. Hasta ahora, yo tampoco lo he visto".

HHIIIIIIIISSSSSSSSSSS.

Continúa. Ya has matado una vez, sabes que fue divertido, así que adelante, mata otra vez. Sabes que quieres hacerlo".

Sigue. Has matado una vez, sabes que fue divertido, así que adelante, mata otra vez. Sabes que quieres hacerlo".

Adelante. Has matado una vez, sabes que fue divertido, así que adelante, mata otra vez. Sabes que quieres hacerlo".

"La, la, la, la", cantó el niño. Intentando bloquear las voces.

"Se ha vuelto loco", dijo su amigo que también jugaba. "Me voy. Nos vemos mañana en la escuela, Tommy".

"¡La, la, la, la!" Tommy siguió cantando.

Se le aceleró el pulso. Los latidos de su corazón se aceleraron. Golpeaba y golpeaba, como si quisiera salirse de su pecho. No podía respirar. Intentó levantarse, pero sus piernas se volvieron gelatinosas.

Oyó una voz en su cabeza. Parecía la voz de su madre, pero no lo era.

"Nos avergonzamos mucho de ti, Tommy. No merecemos tener por hijo a un asesino".

Una segunda voz, que parecía la de su padre.

"Nuestro hijo no es un asesino, ¿quién eres tú? Tú no eres nuestro hijo".

Tommy lloró.

"Soy un asesino", dijo mientras se desplomaba de la silla y se hacía un ovillo en el suelo.

Ahora, desde la pantalla, dos voces más. Su hermano Alex, su hermana Katie, cantando una canción con sus padres, una canción que se cantaba con una melodía infantil popular sobre un arbusto de moras. Su versión era la siguiente

"Tommy es un mur-der-er; mur-der-er, mur-der-er, mur-der-er, Tommy es un mur-der-er, Y ya no le queremos".

El pobre Tommy se había quedado solo.

"No te rindas", gritó Lia, aunque sabía que él no podía oírla.

En el suelo, hecho un ovillo, imaginó que su madre, su padre, su hermana y su hermano bailaban a su alrededor. Lo rodeaban como un buitre a su presa.

"Tommy es un mur-der-er; mur-der-er, mur-der-er, mur-der-er, Tommy es un mur-der-er, Y ya no le queremos".

El corazoncito de Tommy estaba roto. Se salió de su cuerpo y voló.

Las Furias lo atraparon y lo metieron en un Atrapaalmas. Cerraron la puerta de golpe.

Rafael se quitó las gafas. Inmediatamente se acabó el proyector mural. Cuando devolvió las gafas a E-Z, una lágrima rodó por su mejilla.

El silencio alrededor de la mesa era ensordecedor.

"Hacen que las brujas sobre las que escribió Shakespeare en Macbeth parezcan amables", dijo Alfred.

"No veo cómo va a ayudar mi poder de camuflaje o de hablar con los animales, no contra ellos", dijo Lachie.

"Mataría a uno, moriría, volvería, mataría al segundo, moriría, volvería y mataría al tercero", dijo Brandy. "¡Déjame ponerles las manos encima!".

"Espera un momento", dijo E-Z. "Ahora que lo hemos visto, tenemos que hablar de ello. Antes de zambullirnos. ¿Quizás deberíamos volver a votar? Nuestra participación debe ser unánime".

Sam tomó la palabra. "No tenéis que avergonzaros de decir que no. Nadie os nombró salvadores del mundo".

"Tiene razón", dijo Rafael. "Nadie os designó, y sin embargo no hay nadie más que pueda hacerlo".

"¿Por qué no podéis hacerlo vosotros, los arcángeles?" preguntó Brandy.

"Lo intentamos con todo lo que sabíamos y fracasamos. Por eso acudimos a ti", dijo Rafael. "Y una cosa quiero dejaros clara a todos... Si alguna vez llega un momento en que temáis que el fin esté cerca, será entonces cuando acudiremos a ayudaros".

"¿Cómo pretendes ayudarnos entonces, si acabas de decirnos que eres un inútil?". preguntó Charles.

"Eso es lo que quería preguntarte", dijo Brandy.

"Si, cuando, el fin esté cerca... a los arcángeles se nos darán otros poderes. Hasta que se necesiten, esos poderes duermen en lo más profundo de las entrañas de la Tierra.

"Mientras tanto, E-Z, conoces las palabras mágicas para convocar a Eriel a tu lado. Esas mismas palabras me traerán a mí y a los demás si nos necesitas.

"Vendremos. Lucharemos a tu lado. Pero, por favor, no desperdicies la llamada. Para que los antiguos poderes despierten, debe haber pruebas inequívocas de que el fin de la raza humana es inminente."

"¿Y si te llamamos y no vienen los poderes que dices que tendrás? ¿Entonces qué?" preguntó E-Z.

"Entonces moriremos junto a vosotros".

E-Z golpeó la mesa con los puños.

"Verlos en acción me hace hervir la sangre. Debemos derrotarlos".

"¡Toma! Aquí!" gritó Charles.

"Pero primero", dijo Sam, "tienes que contárselo a estos niños antes de enviarlos a la batalla. Cuéntales exactamente cómo tú y los demás arcángeles intentasteis derrotar a Las Furias".

"Les tendimos una trampa cuando descubrimos que habían vuelto. Nos traicionó, nos delató, y entonces se trasladaron al Valle de la Muerte. Ahora el Valle de la Muerte está fuera de los límites para los arcángeles".

"¿Fuera de los límites? ¿Quién lo hizo así?"

"Ésa es una pregunta que no puedo responder. Lo único que sé es que un equipo de arcángeles inmensamente poderosos fue incapaz de atravesar las barreras protectoras que han establecido."

"¿Eso es todo?" preguntó Brandy. "Eso es todo lo que habéis intentado, y ahora queréis que nos hagamos cargo. De verdad".

Raphael puso las manos en las caderas: "Somos arcángeles y nuestros poderes en la Tierra son limitados". Se rió: "Nuestros poderes en otros lugares también son limitados".

"Vale, vale", dijo E-Z. "Lo entendemos. No tenemos elección, en realidad no, pero déjanoslo a nosotros".

"Muy bien", dijo Rafael. "Pero antes de irme, Charles, quería responder a tu pregunta. Los arcángeles no te convocaron ni te liberaron. Creemos que tu presencia aquí es accidental.

"Tampoco creemos que Las Furias sepan de ti. Tal vez seas un arma secreta. Puede que tengas tremendos poderes en tu interior.

"Dijiste que hubieras deseado que te trajeran de vuelta como un hombre adulto. Tu edad actual es significativa. Creemos que los niños tienen en sus manos el futuro de la raza humana. Sólo los niños pueden vencer al mal puro".

"Pero, ¿por qué sólo los niños?" preguntó Charles.

"Porque nacen puros de corazón", dijo Rafael.

Charles se incorporó un poco más en su asiento.

Rafael continuó: "Charles Dickens, no tengas miedo de experimentar y descubrir tu verdadero yo. Dentro de ti puede haber una puerta que sólo tú puedes abrir. Una llave.

"El mero hecho de que exista una línea de sangre, entre tú, E-Z y Sam, es significativo. No tengas miedo de arriesgarlo todo para encontrar esa llave. Estás aquí para ayudar a salvar a la humanidad. De eso no hay duda. Utiliza tu tiempo aquí sabiamente. Marca la diferencia".

Charles lloró, pues hasta ese momento se había sentido inútil. Los demás le consolaron y tranquilizaron.

"Buena suerte a todos y cada uno de vosotros", dijo Rafael.

POW.

Y desapareció.

"Cuando sobrevivamos a esto", dijo Lia, "y sobreviviremos, daremos la mayor fiesta de la victoria".

"Charles", dijo E-Z. "Si Rafael tiene razón, podrías ser el miembro más importante del equipo. Tómate tu tiempo para hacer un examen de conciencia".

"¿Cómo se hace una búsqueda del alma?", preguntó.

"La meditación es una forma", dijo Brandy.

"O paseando por la naturaleza", dijo Lachie.

"A solas, pensando", propuso Alfred.

"Durmamos un poco y continuemos esta discusión por la mañana", dijo E-Z.

"No creo que vaya a dormir mucho después de ver al pobre Tommy", dijo Lia. "Ha sido incluso peor de lo que imaginaba".

"Sí, pobrecito Tommy", coincidió Alfred.

"Entonces, ¿siguen todos dentro?" preguntó E-Z.

Se oyeron "SÍ" por parte de todos.

"¿Y Haruto?"

"Creo que seguirá dentro", dijo E-Z, "pero se lo explicaré todo a Sobo, y ella podrá hablarlo con él. Entendería perfectamente que no participaran".

"Pero no creo que lo hagan", dijo Samantha. "Haruto está durmiendo. Se sentía avergonzado porque era demasiado joven para ver lo que tú veías. Como si fuera menos miembro del equipo".

"Hicisteis lo correcto al sacarle de la habitación", dijo Sam. "Lo que presenciamos fue horrible".

"Estoy de acuerdo", dijo E-Z.

Charles dijo: "Así que todos para uno y uno para todos. Como en Los tres mosqueteros".

"¡Siempre me ha gustado ese libro!" dijo Alfred.

Incluso en las peores situaciones, los libros siempre unían a la gente. Todos los miembros de PAFHS9 esperaban que fuera una cosa del mundo que nunca cambiara.

CAPÍTULO 11

DEJA VU

E-Z Y SAM YA no tenían mucho tiempo a solas, pero ninguno de los dos se quejaba de ello. A Samantha le preocupaba que estuvieran perdiendo el contacto y estaba decidida a arreglar las cosas sorprendiéndolas con un desayuno madrugador en el Café de Ann.

Llegaron a la cocina al mismo tiempo, ya que ambas habían recibido mensajes de texto para que se vistieran y acudieran a la cocina inmediatamente.

"¿Qué pasa? preguntó Sam.

"Sí, ¿qué pasa?" preguntó E-Z.

"No pasa nada", dijo Samantha. "Tenéis una reserva en casa de Ann, así que id allí ahora mismo, antes de que todo el mundo se despierte y quiera reunirse con vosotros".

Sam besó a su mujer.

"Pensé que ya era hora de que vosotros también volvierais a desayunar juntos".

E-Z dio un fuerte abrazo a Samantha.

"¿Iremos por nuestra cuenta?"

"Por supuesto, tío Sam".

Sam cogió su mochila con el portátil dentro y se pusieron en marcha.

Era una hermosa mañana de primavera, con muchos cantos de pájaros que les daban serenatas de camino a la cafetería.

"Esa esposa tuya es muy especial".

"Sí, es una entre un millón".

Pronto llegaron al café. Estaba casi vacío, y Ann no aparecía por ninguna parte, pero E-Z reconoció a su hermana, Emily. No la había visto desde que era pequeño.

"No has cambiado mucho", dijo Emily, rodeándole con los brazos.

"Tú tampoco", dijo E-Z, con voz apagada mientras ella lo asfixiaba con su voluminoso jersey. "Y éste es el tío Sam".

"Puedo ver el parecido", dijo Emily, estrechándole la mano con firmeza. "Tengo la mesa perfecta para ti, sígueme".

Cuando pasaron junto a su mesa habitual, vaciló y miró a su Tío. "¿Te importa si nos sentamos en ésta, Emily?".

"Por supuesto. dijo Emily, tendiendo los cubiertos y entregándole los menús. "¿Café? Sam asintió, y ella le sirvió una taza llena y humeante.

"¿Quieres lo de siempre?", preguntó a E-Z. Mi hermana me dijo lo que podrían ser".

"Por supuesto".

"Y era un batido espeso de chocolate, ¿tengo razón?".

Estaba en lo cierto.

"¿Y tú, Sam?", preguntó. "¿Qué vas a tomar hoy?"

"Que sean dos de lo que toma mi sobrino", dijo él, "pero que no sea un batido espeso. El café es la única bebida que necesito esta mañana".

"¡Muy bien!", dijo ella, y se fue a la cocina.

Sam abrió el portátil y volvió a cerrarlo.

"Es agradable venir a un sitio donde todo es siempre igual", dijo E-Z.

"Debería traer a Sam y a los gemelos aquí un día de estos. Me gustaría apoyar a los negocios locales y es un buen ejemplo para Jack y Jill".

"Sin duda. Este lugar sólo tiene buenos recuerdos para mí", dijo E-Z. "Pero uno de estos días me arriesgaré y pediré algo diferente. Tengo que dar un buen ejemplo a mis primos, ¿no?".

Sam se rió y tomó un sorbo de café. Un segundo después llegó Emily y volvió a llenar la taza. "Es como si tuviera ojos en la nuca".

E-Z se rió. Su mente rondaba en torno a cierto tema del que quería hablar: Las Furias. Al mismo tiempo, no quería entrar de inmediato en una conversación pesada.

"Así que mi mujer va a tener la casa llena de invitados a los que alimentar cuando todo el mundo se levante".

"Sobo ayudará".

"Cierto, pero no creo que debamos aprovecharnos. Me gustaría que pudiéramos hacer una repetición, si sabes a qué me refiero".

"Sin duda. Así que, manos a la obra".

Sam volvió a abrir el portátil. Esta vez lo encendió y tecleó en el buscador:

Cómo derrotar a Las Furias.

E-Z asintió, mientras su batido se posaba frente a él. Inmediatamente intentó sorber un poco de su espeso batido, pero era demasiado espeso para que pasara nada por la pajita, que era justo como a él le gustaba. "¿Algo útil?"

"Dice que las Erinyes -o Las Furias- sólo pueden aplacarse mediante un ritual de purificación".

"¿Qué significa eso?

"Creo que significa que tendrías que realizar un acto, a petición suya, como expiación".

"¿Expiación no significa lo mismo que penitencia? No me gusta cómo suena eso", dijo E-Z. "No hemos hecho nada por lo que enmendarnos ante ellos".

"También puede significar Redención. Resarcimiento. Reparación. Restitución".

"Las cuatro erres", es pegadizo, pero vuelvo a preguntar ¿qué les vamos a devolver?

"Piensa fuera de la caja", dijo Sam. "¿Y si pudieras hacer algo para animarles a que se dieran una vuelta y dejaran en paz a los niños y a los cazadores de almas?".

E-Z se rió. "Si hubiera una forma, sería perfecto. Además, demasiado fácil".

Sam se rascó la cabeza. "Aquí dice que Las Furias castigaban a hombres y mujeres por crímenes después de la muerte y durante su vida. Que es lo que hacen ahora: a los niños, no a los adultos. No lo sabía".

"Lo que no entiendo es por qué. ¿Por qué han vuelto ahora? ¿Qué ha cambiado?"

"Todas son preguntas excelentes que no puedo responder", dijo Sam. "Pero, oh, aquí hay algo interesante. Dice que, como Diosas del Destino, impidieron que el hombre conociera el futuro".

"¿Cómo exactamente?"

"No lo dice", dijo Sam, justo cuando Emily llegó de nuevo para refrescarle la taza de café. "Sólo un poco", dijo. Temía llegar flotando a casa si tomaba más café.

"Tu desayuno estará listo en un segundo", dijo ella. "Espero que tengáis hambre".

"Desde luego que sí", dijo E-Z, mientras intentaba beberse de nuevo su espeso batido y conseguía pasar un poco por la pajita.

Emily sonrió y fue a saludar a unos nuevos clientes.

"Antes de todo esto -dijo Sam-, nunca había oído hablar de Las Furias. Aquí dice que en la mitología griega y romana eran espíritus de la justicia y la venganza. Su otro nombre, Erinyes, significa furiosas". Se desplazó hacia abajo. "Veo algunas menciones en el mundo del juego. Ninguno de los adjetivos utilizados para describirlas contradice lo que ya sabemos, es decir, que las Furias son criaturas malvadas y siniestras que no muestran piedad".

"Ojalá PJ y Arden volvieran con nosotros. Con sus conocimientos de magos del juego, seguro que sabrían qué hacer. Desde que los perdimos, me he estado dando patadas por haber perdido el contacto. Todo porque me obsesioné demasiado con ser un superhéroe. Echo mucho de menos a esos tipos".

"Ellos no querrían que te patearas. Y yo también echo de menos verlos por aquí".

Emily dejó la comida sobre la mesa: "¡Disfrutad!", dijo.

E-Z y Sam comieron con avidez, sin hablar durante un rato. Tras muchos sonidos de disfrute de la comida, reanudaron la conversación.

"Estaba pensando en el plan: derrotarlos dentro del juego. Sonaba muy bien, o eso creíamos hasta que Rafael nos dijo lo contrario. Aunque menos mal que nos lo dijo sin rodeos, porque si no... bueno, no quiero ni pensar en lo que podría haberle pasado a alguno de los chicos".

"Aun así, sigo pensando que Las Furias deben de tener un talón de Aquiles. ¿Recuerdas esa historia?"

"Sí que la recuerdo. Si tienen un punto débil, no sé cuál es. Sabemos que son mortales como nosotros.

Si pueden morir, como nosotros, al menos habrá igualdad de condiciones".

"Centrémonos un poco más en sus puntos débiles: la ira, el rencor, la venganza".

"Son las mismas cosas por las que castigan a los demás, así que ¿cómo pueden ser sus debilidades?". preguntó E-Z, mientras se metía un bocado de tortitas en la boca. "Así, bien".

Sam asintió: "Seguro que lo son". Bebió otro sorbo de café. "Cierto, lo que significa que podríamos utilizar contra ellos las mismas cosas por las que castigan a los demás".

"¿Pero cómo?"

"Eso no lo sé... TODAVÍA".

"Puede que necesitemos más de una de estas sesiones juntos para resolver las cosas", dijo E-Z. Su segundo plato lleno de tortitas estaba sobre la mesa, delante de él.

"Ann acaba de llamar y me ha dicho que te traiga una segunda tanda de tortitas", dijo Emily.

"Gracias. Y dile a Ann que espero que se mejore pronto".

"Lo haré. ¿Más café?"

Sam asintió, así que ella le rellenó la taza. Cuando Emily se marchó, él dijo: "Eh, vuelvo enseguida", y fue al baño.

E-Z giró la pantalla hacia él y tecleó

¿CÓMO MATO A LAS FURIAS?

Aparecieron algunas respuestas, pero todas tenían que ver con cómo vencer a las tres diosas como personajes dentro del mundo del juego.

Sam volvió. "¿Has encontrado algo?

"Nada útil. Aunque dice que las raíces de Las Furias podrían remontarse a la prehistoria".

"Bueno, el linaje de Bebé también se remonta bastante atrás".

"¡Deberías haber visto lo rápido que engulló esa bola de fuego! Sin dudarlo ni un segundo".

Cuando terminaron de comer, dieron las gracias a Emily y se marcharon a casa. Estaban tan llenos que pensaban que no volverían a comer.

"Ha sido un placer pasar la mañana contigo", dijo E-Z. "Ha sido como en los viejos tiempos". "Me he sentido como en los viejos tiempos.

"Claro que sí. Volvamos a hacerlo pronto. Mientras tanto, pensemos más en lo que hemos aprendido hoy, porque como dice el viejo refrán: donde hay voluntad hay un camino".

"Cierto, cierto, tío Sam. Cierto, cierto".

CAPÍTULO 12
DE NUEVO EN CASA

CUANDO LLEGARON A LA casa, lo primero que hizo Sam fue abrazar a su mujer. Ella se alegró de verle, pero tenía las manos ocupadas preparando el desayuno.

"Me alegro de que te haya gustado", graznó Samantha.

"¿Puedo ayudarte en algo?" preguntó Sam, mientras evaluaba la situación con los gemelos.

"Está todo contrólado", dijo Samantha, mientras detrás de ella los gemelos soltaban un gemido.

Más que nada porque Haruto había dejado de jugar un momento a su versión de hon no piku, que traducido significa cucú. En la versión de Haruto, hacía una mueca, luego giraba muy deprisa hasta desaparecer, luego reaparecía y las gemelas soltaban una risita.

"¡Es muy creativo!" dijo Sam, mientras Lachie asumía el papel de animador.

Lachie pasó directamente a imitar a unos cuantos animales y recibió elogios de las gemelas cuando se rió como una cucaburra:

¡koo-koo-koo-kaa-kaa-KAA!-KAA!-KAA!

Luego le tocó el turno a Charles, que se entretuvo con su cuento "Las tres rocas".

"¿Iwa?" dijo Haruto, que traducido significa cantos rodados.

"Sí", dijo Charles, mientras E-Z y Sam se retiraban a la puerta para escuchar también la historia, mientras Alfred, Sobo, Brandy, Lia y Samantha seguían con los preparativos de la comida.

"Érase una vez -comenzó Charles- una colina, en lo alto del Canal de la Mancha. Sobre ella había muchas, muchas rocas. Demasiadas para contarlas.

"Aquel día en concreto, un camión grande y pesado subió la colina, chirriando y haciendo rechinar sus engranajes a medida que avanzaba. Cuando llegó a la cima, desplegó un elevador de rocas, que luchó con el peso de cada trozo de piedra. Durante horas, consiguió recoger todas las rocas que pudo. Hasta que la parte trasera del camión estuvo llena. Pero no demasiado. Llenar demasiado significaba que las rocas rodarían fuera del camión cuando éste se moviera, lo que había que evitar a toda costa.

"El camión bajó por la colina. Vació las rocas en otro camión más grande. Un camión que era demasiado grande para subir la colina y no tenía mecanismo de elevación. Cuando el camión más pequeño volvió a estar vacío, volvió a subir la colina. Pronto volvió a estar lleno de cantos rodados.

"Este proceso se repitió varias veces, hasta que el camión más grande estuvo lleno hasta arriba. Todos los cantos rodados restantes debían transportarse en el camión más pequeño. Ahora que ambos camiones estaban llenos, el trabajo pesado había terminado. Llegó la hora de comer. Los hombres comieron sus bocadillos y bebieron sus termos llenos de té caliente y dulce.

"De vuelta a la cima del acantilado, sólo quedaban tres rocas solitarias. Estaban tristes, habían perdido a sus amigos y se sentían rechazados, no deseados, innecesarios y bastante enfadados, todo al mismo tiempo. Sentir demasiadas emociones al mismo tiempo puede ser confuso, pero compartir los sentimientos con los amigos puede ayudar, así que los tres cantos rodados hablaron de su situación".

"¿Qué hacen con todos nuestros amigos?", preguntó el primer canto rodado, que se llamaba Rocky.

"No lo sé", dijo el segundo, que se llamaba Guijarros. "Quizá también necesiten amigos donde van. Les echaré mucho de menos".

"No", dijo el tercer canto rodado, que era más viejo y sabio y se llamaba Peñascoso. "No se los llevan para que vean mundo. Ni para que sean sus amigos. ¿No sabes que nos aplastan para hacer sus caminos?".

"¡No!" gritaron Rocky y Pebbles. "¡No pueden machacar a nuestros amigos hasta hacerlos papilla!".

"Ojalá me hubieran cogido a mí también", dijo Craggy. "Soy demasiado viejo para seguir sentado aquí arriba con el mal tiempo que hace. Los vientos ásperos rompen mi capa exterior y no me importaría pasar mi futuro como una carretera. Al menos entonces tendría un propósito".

"¿Un propósito?" exclamó Rocky. "¿Llamas propósito a estar aplastado y que los vehículos te atropellen todos los días y todas las noches?".

"Es mejor que estar aquí sentados los tres solos para siempre. Estoy harto del viento, de la lluvia y de todo lo demás", dijo Craggy.

"Bueno, si tienes tantas ganas", dijo Pebbles, "entonces lo único que tienes que hacer es rodar por el borde. Caerías justo en la parte trasera del camión de abajo y te irías con el resto de nuestros amigos".

"Oh, está demasiado lejos", dijo Rocky mientras rodaba un poco más cerca del borde. "¿Tanto quieres dejarnos? ¿No puedes encontrar un propósito quedándote aquí con nosotros? Te necesitamos. Eres mayor y más sabio".

Craggy se acercó al borde y miró por encima. Era cierto, el camión estaba allí mismo. Goteaban unas gotas de transpiración. O eran gotas de sudor, o lágrimas.

"Es un camino terriblemente largo hacia abajo", dijo Craggy. "Y no estaría bien por mi parte dejaros solos a vosotros dos, jovencitos".

Pebbles dijo: "¡Y qué pasaría si perdieras el camión y te hicieras pedazos ahí abajo! Nosotros estaríamos aquí arriba, con esta maravillosa vista, y vosotros estaríais allí abajo solos".

"Además", dijo Rocky, "puede que algún día vuelvan a por nosotros. Mientras tanto, podemos charlar y disfrutar de las vistas y del aire fresco".

Debajo de ellos el camión volvió a arrancar.

CHUGGA CHUGGA VROOM, VROOM.

"Es ahora o nunca", dijo Craggy, mientras el camión se alejaba.

"Al menos estamos juntos", dijo Rocky.

"Las tres rocas se amontonaron hombro con hombro. Se pusieron de espaldas al viento, respiraron el aire fresco y contemplaron la hermosa vista del sol poniéndose en el horizonte.

"La moraleja de la historia es", dijo Charles...

Fueron las últimas palabras que oyó E-Z antes de volver al maldito silo.

CAPÍTULO 13
SILO

"¡BIENVENIDO DE NUEVO!", DIJO la voz de la pared con una exuberancia que hizo que los hombros de E-Z se tensaran como si alguien estuviera encima de ellos. Reacio a responder, giró los hombros primero hacia delante y luego hacia atrás, con la esperanza de aliviar la tensión.

"DOT. DOT", dijo una segunda voz en la pared, pero esta vez la voz era más baja, casi un susurro.

Abrió la boca para responder, pero no se le ocurrió nada, así que permaneció en silencio, aparte del crujido de sus dedos, que esperaba que aliviara la tensión de su cuerpo.

La primera voz, con un tono más tranquilizador, preguntó: "Veo que te sientes tenso, preocupado. ¿Hay algo que pueda ofrecerte para pasar el tiempo durante tu espera? ¿Una bebida? ¿Un libro? ¿Un viaje mental?".

Era muy perspicaz para ser una voz en la pared, y eso le ayudó a relajarse un poco, aunque no estaba dispuesto a aceptar su oferta porque no tenía ni idea de lo que supondría un viaje mental.

"Veo que estás indeciso...".

Se sentó recto y erguido en su silla, y tamborileó con los dedos en los brazos como si estuviera rockeando al ritmo de Smoke on the Water, de Deep Purple. Su padre y él se habían batido a duelo en una versión obsoleta de Guitar Hero, y se lo habían pasado en grande. Recordar aquel momento ahora le hacía sentir como si su padre estuviera en el silo con él.

"¿Estás seguro de que no quieres un viaje mental?", volvió a preguntar la mujer de la pared. "¡Te lo pasarás bomba!".

Una explosión. Acababa de utilizar esa palabra en su mente para describir el Guitar Hero-ing con su padre. Sin duda, la mujer de la pared podía leerle la mente.

"¿Qué es exactamente?", preguntó. "No digo que quiera intentarlo, no hasta que sepa más sobre lo que implica".

"Pues es un lugar al que puedo enviarte. Un lugar especial donde podrás vivir un sueño".

Sonaba increíble... y antes de que pudiera contestar...

DUH DUH DUH,
DUH DUH DUH DUH
DUH DUH DUH
DUH DUH

Estaba en el escenario, tocando la guitarra solista, con una banda que reconoció inmediatamente como los Deep Purple originales.

Al cantante, que había abandonado el grupo pero tocaba la guitarra solista original en Smoke in the Water, no parecía importarle que E-Z interpretara ahora su papel, y tampoco lo hacía mal. El cantante le hizo un gesto con el pulgar hacia arriba y luego cruzó el escenario hasta donde estaba sentado E-Z en su silla de ruedas. Juntos tocaron unos cuantos riffs mientras el público gritaba, vitoreaba y aplaudía. Lo siguiente que supo es que estaba de nuevo en el silo, pero la sensación de tensión que había experimentado anteriormente había desaparecido por completo.

"¡Gracias! ¡Ha sido fantástico! No sabes cuánto ha significado para mí. Nunca lo olvidaré. Nunca!" Dudó y pensó que lo único que lo habría hecho mejor habría sido que su padre hubiera subido al escenario con él.

"Siento no haber podido incluir a tu padre... pero sólo era un anticipo. Y de nada. Ahora, siéntate. El tiempo de espera es de un minuto".

"¡Entonces creo que el auténtico me dejaría alucinado!" dijo E-Z mientras echaba la cabeza hacia atrás y volvía a revivir la experiencia sintiéndose ya tan completamente relajado, que podría haberse echado una siesta.

PFFT.

Esta vez el aroma era diferente: menta y algo más que no podía precisar.

"Es romero", dijo la voz de la pared.

"Muy refrescante". Tenía los ojos cerrados y estaba sumido en sus pensamientos, cuando el techo sobre su cabeza se abrió bostezando. Sacudió la cabeza y abrió los ojos, preparándose para lo que se avecinaba.

Unos rayos de luz penetraron en el contenedor metálico, rebotando de pared a pared. Se cubrió los ojos, para protegerlos del inquietante espectáculo de luz contenida. Cuando terminaron las iluminaciones rebotantes, una figura se dejó caer por el techo abierto. Menuda entrada había hecho. Era Rafael.

"Hola", dijo. "Menuda entrada".

"Me han ascendido", admitió el arcángel, "y se requiere cierta floritura. Tal vez, un poco exagerada en este caso, pero es un ascenso relativamente nuevo. Todos los ascensos tienen una curva de aprendizaje".

"Felicidades por el ascenso".

"Gracias, ahora vayamos al grano de por qué estás aquí".

"Por supuesto".

E-Z esperó pacientemente a que Rafael volviera a hablar, pero durante algún tiempo no lo hizo. En su lugar, revoloteó como un pájaro que prueba sus alas por primera vez. ¿Se estaba exhibiendo? Si era así, ¿por qué? Entonces lo vio: llevaba unas gafas nuevas. Eran más grandes, de aspecto más distintivo, con monturas más grandes y cristales más gruesos, y la hacían parecer una versión femenina del Sr. McGoo.

"Bonitas gafas", mintió.

"No eran mi primera elección", admitió Raphael, "pero tendrán que valer". Se acercó a donde él estaba sentado y revoloteó. "Eso parece". Se detuvo y se movió incómoda.

SKIDOO

Llegó una silla, en la que se sentó durante un segundo.

SKIDOO

Y desapareció. Volvió a revolotear. Colocó la palma de la mano abierta en un lado de su cara. "Nos han llamado la atención algunas cosas. No lo digo en el sentido real, sino en el de todos los arcángeles".

"¿Como qué?"

De nuevo se inquietó.

"¿Debería pedirle a la pared que rocíe un poco de lavanda para relajarte? Pareces bastante tensa".

Entonces le gritó: "¡La lavanda no funciona con los arcángeles! Es un vil, humano...". Respiró hondo. "Lo siento mucho".

"No pasa nada. Lo entiendo, tienes malas noticias que contarme. Es mejor arrancar la tirita. Lo que quiero decir es que me lo digas sin rodeos".

"Muy bien. Allá vamos".

E-Z se inclinó más cerca: "Vale, dispara".

De los altavoces de la pared sonó una canción, algo sobre disparar a un sheriff.

Al principio tarareó, "¡Para!". ordenó E-Z. "Y dime por qué estoy aquí".

"Quiere ir al grano", se dijo Raphael. "Pues bien, aquí está. Iré directamente al grano".

"De acuerdo, hazlo". Dijo E-Z, deseando que lo hiciera.

"En pocas palabras", dijo, "han pillado a Eriel con las manos en la masa, jugando para ambos bandos".

"¿Jugando a qué?" Entonces algo se agitó en su mente. "No, ¿no querrás decir que nos ha traicionado?

Ella se golpeó la barbilla con el dedo huesudo, mientras E-Z abría y cerraba la boca como un pececillo fuera del agua.

"Sí. Eriel fue personalmente responsable de la muerte de tu amiga Rosalie. También fue responsable de la destrucción de la Habitación Blanca. Todo él. Todo Eriel".

E-Z lo asimiló todo. Pobre Rosalie. "¡Espera! ¿No trabajaba para ti? Es decir, ¿no estabas tú a su cargo? ¿Cómo ha podido ocurrir esto bajo tu vigilancia? He leído algunas cosas sobre los arcángeles, pero traicionar a unos niños que se ofrecen voluntarios para ayudarte es lo más bajo que se puede caer. Supongo que los leopardos no cambian sus manchas".

"Yo no estaba a cargo de Eriel. Él y yo éramos compañeros de trabajo, camaradas. Trabajábamos juntos y creía que nos respetábamos. Me equivoqué".

"Y aun así, te ascendieron".

"Lo fui, pero ambas cosas no estaban directamente relacionadas. Todo lo que puedo decirte es que Eriel fue una vez uno de nosotros, ahora ya no lo es. Después de traicionarnos, y a ti. Tras dar la espalda a sus principios, a todo lo que representamos, está fuera. Quiero decir definitivamente fuera".

E-Z jadeó. "¿Me estás diciendo que Eriel nos ha descubierto? Por nosotros, me refiero a mí y a mi equipo".

"Michael, que es nuestro líder, ha estado interrogando a Eriel. Me costó bastante hacerle hablar. Pero ha confesado que trajo a Las Furias de vuelta a la Tierra. De utilizarlas para avanzar en su puesto. No hay redención. No hay perdón para Eriel".

"Me he quedado sin palabras. ¿Cómo ha ocurrido?

"¿Cómo? Bueno, si supiéramos cómo entonces sabríamos por qué, cosa que no sabemos. Lo que sí sabemos es que es Eriel y que Eriel siempre hace lo que es mejor para Eriel. Sabíamos que tenía problemas y, aun así, seguimos dándole oportunidades para que demostrara su valía, y cuando nos falló, le perdonamos y le dimos otra oportunidad y otra oportunidad. Seguimos creyendo en él hasta ahora. Está acabado. Acabado".

"¿Acabado? ¿Quieres decir muerto? ¿Mueren los arcángeles? ¿Y por qué le diste tantas oportunidades? ¿No conoces el dicho: tres strikes y estás fuera?".

"Sí, he oído esa terminología del béisbol, pero somos arcángeles y de todos se espera que fallemos, o que reincidamos en algún nivel. Y tienes razón sobre el incidente del Jardín del Edén. Nuestra historia se remonta muy atrás... pero pensamos que lo estábamos haciendo mejor, mejorando. Yo mismo soy el Santo Patrón de los jóvenes, como tú y tus amigos.

"Por eso sugerí que colaboráramos contigo para derrotar a esas horribles Furias. Pues fue Eriel quien me animó a hacerlo. Él fue quien te descubrió. Quien te envió a Hadz y a Reiki. Hasta que llegaron esas horribles hermanas, estábamos añadiendo algo positivo a todas vuestras vidas... Os estábamos dando un propósito. ¿Recuerdas las veces que quisiste rendirte? No lo hicisteis porque os ayudamos a seguir adelante".

"Vale, entiendo que Eriel es un malvado. ¿Qué significa esto para mí y para mi equipo? Desde mi punto de vista, nuestra misión se ha visto comprometida. Así que estamos fuera y creo que deberías pasar al Plan B".

"El problema es", dijo Rafael, y luego se detuvo, cuando el techo de arriba volvió a abrirse y Ophaniel llegó sin ninguna floritura mientras descendía flotando hacia ellos.

"Cuánto tiempo sin vernos", dijo Ophaniel dirigiéndose a E-Z. Luego a Rafael: "¿Está al día?".

"Sí, lo está. Y me alegro de que estés aquí porque quiere saber cuál es nuestro Plan B".

Ophaniel asintió. "Muy bien. Para decirlo lo más claramente posible, no tenemos un Plan B, ni C, ni D, porque tú y tu equipo erais todos nuestros Planes en uno".

E-Z sacudió la cabeza con incredulidad. "¿Acaso los arcángeles no habéis oído la frase "no pongas todos los huevos en la misma cesta"?

Ophaniel se rió. "Sí, su origen es del personaje de Cervantes Don Quijote, pero nunca le encontré sentido. Posiblemente porque los arcángeles no comemos huevos. Sólo de pensar en su gelatinosa untuosidad -puaj- me dan ganas de vomitar".

"A mí también", dijo Raphael, tapándose la boca con el dorso de la mano. "Además de su aspecto repugnante, ¿por qué se ponen huevos en una cesta? ¿Por qué no en un cuenco? Si estás preparando huevos..."

"De acuerdo", dijo Ophaniel. "He visto a Jamie Oliver cocinar una tortilla. Primero utiliza un cuenco y luego los cocina".

"Oh, hermano, y no puedo creer que vosotros, los arcángeles, veáis la televisión, y mucho menos a Jamie Oliver". Sacudió la cabeza. "Significa que si pones todos los huevos juntos, en un mismo sitio -como una cesta o un cuenco o una sartén o lo que prefieras-, si se te cae la cesta o el cuenco o la sartén, entonces todos los huevos se romperán y se estropearán por las cáscaras, así que no tendrás huevos para desayunar".

"¿Pero las gallinas no ponen huevos todos los días? Entonces, si hoy no tienes huevos, vuelve mañana y ya está", dijo Ophaniel.

"¿Qué es un día sin huevos?" preguntó Rafael.

E-Z abrió la mano y se la golpeó contra la cabeza. "¡Arghh!" Los arcángeles le miraron y esperaron mientras él inspiraba muy profundamente y luego espiraba muy fuerte. "¿Qué vamos a hacer con esta situación de Eriel?".

"En primer lugar", dijo Ophaniel, "hoy regresan aquí, por petición especial tuya, tus dos amigos..."

POP

POP

Hadz y Reiki, o lo que parecían los dos aspirantes a ángeles, llegaron. Estaban ennegrecidos por el hollín, de la cabeza a los pies. Sus pétalos estaban torcidos, rasgados, algunos estaban abiertos y hacia arriba, otros muertos y marchitos. Sus alas estaban caídas, como si hubieran olvidado cómo volar o ya no tuvieran voluntad para hacerlo, y sus rostros, la expresión de sus rostros era de extrema desesperación.

"¿Qué les ha pasado?", preguntó.

Ophaniel se acercó a los dos aspirantes a ángeles desplazados y éstos retrocedieron.

"Ahora estáis a salvo", dijo Rafael con voz suave y maternal, lo que hizo que rompieran en sollozos, que se convirtieron en gemidos.

Ophaniel se tapó los oídos, luego se acercó a E-Z y susurró. "Eriel los tenía prisioneros. Esta vez hemos tardado en encontrarlos. Los pobres no pudieron evitarlo porque les despojó de sus poderes".

"Pobrecitos", dijo E-Z.

E-Z, Ophaniel y Rafael se volvieron hacia las criaturas. Hadz y Reiki intentaron sonreír. Ni siquiera se acercaron.

Los dos se agitaron, como si estuvieran defendiéndose de una manada de buitres.

"Estate quieto", dijo Ophaniel.

Hadz y Reiki dejaron de moverse. Ahora estaban sentados como un par de muñecos sucios con los ojos fijos en nada ni en nadie. Eran una sombra de lo que habían sido.

"No quiero ser grosero", susurró E-Z, "pero en su estado actual, no nos van a ser de mucha ayuda. Eso si puedes convencernos de que sigamos adelante con este plan dadas las circunstancias".

Las palabras de E-Z golpearon a los dos aspirantes a ángeles como una bofetada en la cara.

POP

POP

"¡Qué crueldad tan grosera e innecesaria!" regañó Ophaniel antes de desaparecer.

ZAP

"Nos has mostrado un lado muy cruel de tu carácter, E-Z Dickens, y si tu madre y tu padre estuvieran aquí, se avergonzarían de ti".

"Lo siento", dijo E-Z, "pero no vuelvas a hablarme de mis padres. Para vosotros, los arcángeles, están fuera de los límites. ¿Entendido?"

Rafael asintió.

"Además, no pretendía herir sus sentimientos. Claro que podemos utilizarlos. Si tenemos que luchar contra Las Furias, necesitaremos toda la ayuda posible. Volved, por favor, Hadz y Reiki. Dadme otra oportunidad".

Nada.

E-Z volvió a intentarlo. "Volved y seréis miembros muy bienvenidos de nuestro equipo".

POP

POP

La pareja estaba ahora limpia y ordenada como antaño.

"Bienvenidos de nuevo", dijo E-Z.

Hadz y Reiki volaron hacia él. Cada uno se colocó sobre uno de sus hombros. Temblaron, involuntariamente, asustadas de sus propias sombras.

"Todo irá bien", dijo. "Os cubriremos las espaldas ahora que sois miembros de nuestro equipo".

Intentaron sonreír, y él agradeció el esfuerzo.

"Entonces", dijo E-Z, "¿qué les dijo exactamente Eriel a Las Furias sobre nosotros?".

"Les dijo que enviábamos niños para derrotarlas, eso es todo".

"¿Eso es lo que te dijo? ¿Cómo sabemos que no miente? ¿Y cómo averiguamos cuál es el objetivo final de las Furias?

"Creemos saber que el objetivo final de Las Furias y Eriel era controlar la Tierra. Iban a golpear la PAUSA DE LA TIERRA y convertirla en el Nuevo Hades, es decir, el infierno en la Tierra. Donde podrían gobernar, formando un equipo de almas que estarían a su merced. Sí, dejarían salir a las almas para que vagaran libremente, pero una vez que tuvieran su libertad, tendrían que renunciar a ella".

"¿Por qué aceptarían renunciar a ella?", preguntó.

"Porque los humanos, incluso las almas humanas, no pueden procesar el concepto de libertad. En cambio, prefieren estar limitados. La falta de libertad es la manta de seguridad humana".

"Eso es mentira", dijo E-Z. "¡Me pone furioso! Los humanos sabemos apreciar nuestra libertad. Nos encanta la naturaleza, poder respirar el aire, compartir nuestros pensamientos y sentimientos con los demás, apreciar el mundo y todo lo que tenemos en él."

"¿Tan enfadado como para luchar por tu libertad y por la de los demás?". dijo Ophaniel.

E-Z ni siquiera se había dado cuenta de que había vuelto.

"Sí", dijo. "Pero dime, en este nuevo mundo suyo, sólo elegirían a las almas que pudieran controlar. ¿Qué pasaría con las demás?"

"Flotarían eternamente, sin hogar", dijo Rafael. "En este nuevo mundo suyo, se eliminaría el más allá. La Tierra estaría para siempre en estado de pausa. Las almas permanecerían en cuerpos que ya no estarían vivos, ni muertos. No latirían más corazones. Ya no habría amor ni nacerían niños. Ni almas que ascendieran, nunca más".

E-Z permaneció en silencio, pensando, asimilándolo todo.

La voz de la pared preguntó: "¿Alguien quiere un refresco?".

"No, gracias", dijo, pero se alegró de la interrupción, pues le devolvió al momento. "Entiendo para qué utilizaba Eriel a Las Furias. El hecho es que es un arcángel como tú, y sabías que tenía problemas, aun así le diste una oportunidad tras otra incluso cuando no se lo merecía. Así que ahora me pregunto por qué nosotros, yo y mi equipo, debemos arreglar lo que uno de tus propios arcángeles ha estropeado".

"Porque..." empezó Rafael.

"Aún no había terminado", dijo E-Z, "antes, cuando Eriel y tú visitasteis mi casa, cuando conoció a mi familia y a los demás miembros del equipo, pensamos que estaba de nuestro lado. Ha visto dónde vivimos. Lo sabe todo sobre nosotros. Estamos en grave peligro por su culpa".

"Es cierto", dijo Ophaniel.

"Innegable y lo sentimos mucho", dijo Rafael.

"Haz que Eriel los cancele. Él creó este lío y debe arreglarlo". Golpeó con los puños cerrados los brazos de su silla, haciendo que Hadz y Reiki saltaran y se estremecieran. Dio unas palmaditas en la cabeza a los aspirantes a ángeles. "No pasa nada, siento haberos molestado".

"¡Bravo!" vitoreó Hadz.

"¡Hurra!" gritó Reiki.

Raphael y Ophaniel dijeron al unísono: "Eriel está constreñido en lo más profundo de las entrañas de la tierra. Está en un lugar donde ningún humano debería atreverse a ir. En pocas palabras, no se puede llegar hasta él".

"Pero escapamos de las minas, una vez", dijo Reiki.

"Dos veces", dijo Hadz.

"No está en las minas, está en otro lugar, más abajo, no tan abajo como en los fuegos, pero en otro lugar donde hace tanto frío que todo se convierte en hielo, incluso la sangre que corre por las venas. ¡Un lugar donde ningún humano podría sobrevivir!

"Eriel tampoco tiene poder allí, pues le han quitado el suyo. Está bajo llave, no ve a nadie. No oye nada. Nunca se le permitirá salir de ese lugar, JAMÁS".

"Quiero hablar con él", dijo E-Z. "Necesito hacerle preguntas, preguntas que sólo él puede responder".

Raphael y Ophaniel gritaron: "¡No puedes! No debes!"

"Entonces retiro el apoyo de mi equipo. Por favor, devolvedme a mi hogar. Haruto y los demás pueden volver con sus familias". Dejó de hablar cuando un destello de PJ y Arden pasó por su mente. Si no hacía nada, se quedarían en coma, quizá para siempre.

Recordó todas las veces que le habían ayudado. Su primer día de vuelta al colegio en silla de ruedas. La vez que le reintrodujeron en el béisbol, con todos los chicos del equipo en el campo para saludarle. La vez que le ayudaron cuando murieron sus padres. Una lágrima cayó por su mejilla. Se la secó.

"¡LLEVÁOSLO!", tronó una voz en la pared.

Entonces, de repente, hizo mucho, mucho frío. Tan frío que imaginó que realmente podía sentir cómo la sangre de sus venas se convertía en hielo.

CAPÍTULO 14

ERIEL EN HIELOE

COMPLETAMENTE SOLA. TAN SOLA. Y tan frío, tan muy muy frío. Era como si estuviera dentro de un cubito de hielo hueco. Cuando inspiró, el hielo le llenó los pulmones.

Se acercó al borde. Respiró dentro. Se empañó. No era un cubito de hielo; era un cubito de cristal. Y tenía un asa. Parecía hecho de medalla. Temiendo que se le pegara la piel, utilizó la camisa y lo abrió.

Lo que había dentro era una colección de mantas calientes, edredones, chaquetas de punto, gorros, guantes... de todo. Metió la mano y se abrigó.

Al meter los brazos en el cárdigan, su mente se remontó a una época en que su padre llevaba un jersey parecido en un viaje de esquí. Era verde, como éste, y por fuera resultaba áspero al tacto, pero por dentro estaba caliente como una tostada. Cuando se lo puso alrededor y abotonó la parte delantera, el olor a roble de la loción de afeitar favorita de su padre le llenó las fosas nasales. Olía la loción de afeitar de su padre. Una fuerte sensación de déjà vu se apoderó de él, cuando metió los dedos en un par de guantes de terciopelo negro, unos guantes que juraba que habían pertenecido a su padre. Sin embargo, no podían serlo, ya que todo había quedado destruido en el incendio. Se rodeó con los brazos, intentando entrar en calor. Pensó que el frío se había apoderado de su cuerpo y de su mente.

Apartó otros objetos, descubriendo una manta en el fondo de la caja que reconoció inmediatamente. Tejida a mano, por su madre en el sofá noche tras noche y cuando estuvo terminada ocupó su lugar: en el respaldo del sofá de cuero. Para las noches de cine y para taparse los ojos si ocurría algo aterrador.

Se quitó los guantes y lo tocó, para ver si era real y luego lo rozó contra su mejilla. El aroma floral del perfume de su madre le llegó, le reconfortó. Una lágrima corrió por su mejilla, mientras volvía a ponerse los guantes, y luego envolvió la manta de su madre con la rebeca de su padre. Se puso la manta como una capucha y observó su entorno.

Por encima de su cabeza, pero apuntando hacia abajo con sus afilados pinchos, había estalactitas de hielo de todos los tamaños y formas. Si se le caía una de ellas, le perforarían la parte superior del cráneo y le atravesarían hasta los dedos de los pies. Deseó tener un sombrero de construcción -

BINGO

Y apareció un casco amarillo en su cabeza, luego otro y otro y otro. Se sintió como Jorge el Curioso y sonrió. Ahora estaba preparado para cualquier cosa.

Buscó una puerta, avanzando por las paredes del cubo. No se veía ningún picaporte. ¿En qué clase de prisión le habían metido?

Por fin, encontró unos bordes, en el centro de la pared derecha. Se quitó un guante y utilizó la uña para arañar la superficie de lo que pronto descubrió que era una ventana. Lo que vio no le hizo sentirse menos ansioso. Su cubo era uno de los muchos que se extendían a lo largo del túnel hasta donde alcanzaba la vista. No se veía a ningún ocupante detrás de las ventanas acristaladas de sus propios cubículos.

Respiró sobre el cristal y escribió la palabra "¡SOCORRO!" escrita al revés por si alguien la veía. Luego la borró rápidamente recordando a quién había venido a ver: Eriel.

E-Z se movió por la parte delantera del cubo, hacia el lado más alejado, y una vez más encontró un marco que estaba seguro de que era una ventana. Raspó la superficie y pronto encontró a quien buscaba: al traidor.

El otrora poderoso arcángel tenía un aspecto patético, como si alguien le hubiera pinchado con un alfiler y le hubiera dejado salir todo el aire. Su cuerpo estaba sujeto a la pared. Al principio, E-Z pensó que lo sujetaba la gravedad o algún tipo de fuerza invisible, pero luego se dio cuenta, al inspeccionarlo más de cerca, de que todo el cuerpo de Eriel estaba contenido en un grueso bloque de hielo. El cubo de Eriel se había amoldado a su cuerpo, por lo que el agua helada llenaba cada rincón de su forma y él, a diferencia de E-Z, no tenía acceso a mantas.

CLANK. CLANK. CLANK.

E-Z giró el cuello hacia la izquierda cuando oyó reverberar el sonido de unos pasos. Podía sentir que la cosa se acercaba, pero no podía verla.

CLANK. CLANK. CLANK.

E-Z sacudió la cabeza. Tenía que concentrarse, permanecer en el momento y, sin embargo, estaba experimentando otra extraña sensación de déjà vu.

Su mente voló de vuelta al sueño que había tenido tiempo atrás sobre una fiesta de cumpleaños con PJ y Arden. En aquel sueño, había llegado una figura encapuchada que emitía un sonido similar. El sueño había consistido en encontrar una gorra de béisbol perdida.

Cuando el sonido se hizo ensordecedor, vislumbró la figura, que era un guerrero, más grande que la vida y con unas alas del tamaño de dos arces adultos. En una mano, el arcángel llevaba un escudo dorado y en la otra una espada. E-Z se protegió los ojos mientras la luz incidía en el casco de la espada.

CLANK. CLANK. CLANK.

El arcángel guerrero se detuvo frente a Eriel, que no levantó los ojos para encontrarse con la mirada del recién llegado.

Hasta que no se detuvo, E-Z no se había fijado en las enormes alas del arcángel, que mientras caminaba habían estado en reposo. Ahora, el guerrero se levantó, de modo que sus rostros y el de Eriel quedaron a la altura.

"Tienes visita -dijo.

Los ojos de Eriel permanecieron bajos.

"Tus ojos no me engañan", dijo el guerrero. "Te has avergonzado a ti misma. Nos has avergonzado a todos y, sin embargo, no sientes pena ni te arrepientes. Háblame. Dime por qué debería permitirte tener una visita".

Eriel siguió mirando al suelo, mientras murmuraba algo inaudible.

"¡Habla!", exigió el guerrero.

"¡Me arrepiento!" espetó Eriel. "Me arrepiento de no haber...".

"¡Silencio!", exigió el guerrero.

CLANK. CLANK. CLANK.

Ahora el guerrero estaba al otro lado del cristal, cara a cara con E-Z.

"Soy Miguel", dijo.

"Hola, soy E-Z". Conocía la voz del hombre. Fue él quien ordenó a Rafael y a Ophaniel que le dejaran hablar con Eriel.

"Levántate", dijo Miguel.

"No puedo andar", dijo.

"Puedes si yo lo digo", reveló Michael, "y yo lo digo. Levántate E-Z Dickens!"

E-Z se sintió como uno de los que se preparan para ser curados en un servicio religioso televisado. De mala gana, se levantó de la silla. Las piernas le temblaban un poco, más por miedo que por incredulidad. Al fin y al cabo, Miguel era el arcángel más poderoso. Segundos después, E-Z estaba de pie dentro del muro de hielo.

"Has pedido hablar con esa cosa, esa cosa caída que está ahí en la pared. No te ayudará, pues está podrido hasta la médula. Sin embargo, DEBERÍA ayudarte. Debería ayudarnos a todos para evitar convertirse en una escultura de hielo, un elemento permanente de este lugar".

Con cada palabra que pronunciaba, la voz de Michael hacía que E-Z se sintiera más fuerte y seguro de sí mismo.

Eriel levantó los ojos.

Durante un segundo, E-Z vislumbró algo allí. ¿Era derrota? ¿Eran remordimientos?

Eriel cerró los ojos mientras su cuerpo se debilitaba dentro de la prisión de hielo que lo retenía.

"Creo que se ha desmayado", dijo E-Z.

CLANK. CLANK. CLANK.

Michael volvió para ver más de cerca su prisión de hielo. Una serpiente se deslizó por la parte superior de su bota y empezó a arrastrarse hacia la cara de Eriel. La cosa se deslizó hacia arriba, hacia arriba, con su lengua bífida moviéndose de un lado a otro como si estuviera hambrienta de sangre.

Miguel dijo: "El cuerpo de mi amigo se está derritiendo hacia tu cara, Eriel. ¿No vas a abrir los ojos y saludar?".

Eriel abrió los ojos y, al ver que la serpiente se abría paso por su cuerpo, lanzó un grito.

"¡GARUUUUUUUUUMMMMMMM!"

Michael chasqueó los dedos y la serpiente dejó de moverse. Con la uña, Miguel raspó el hielo. Dentro de él, el cuerpo de Eriel vibró. Como si le estuvieran electrocutando.

"¡MMMM,hhhhh,MMMMMMM!"

"¡Para!" gritó E-Z tapándose los oídos. "¡Por favor!"

Michael dejó de escarpar. Levantó el brazo y la serpiente se enroscó y se deslizó hasta el interior de su bota.

"Este chico te muestra piedad Eriel. Es más de lo que mereces".

Eriel siguió gimiendo con desesperación.

Michael continuó, volviéndose hacia E-Z: "Te daré cinco minutos para que le hagas a Eriel cualquier pregunta que tengas".

Luego se dirigió a Eriel: "Podemos obligarte a hablar con él, pero preferiría que eligieras ayudarle por voluntad propia. Érase una vez que elegiste salvar la vida de este joven. Él, a su vez, pagó su deuda. Ahora, nos has traicionado y tienes que volver a ganarte nuestra confianza".

Miguel levantó el pie y pateó la estructura de hielo en la que estaba encerrada Eriel. Tembló, pero no se agrietó ni se hizo añicos.

"¡Me das asco! Esperas que este muchacho humano arregle tus errores. Que, de hecho, corrija tus errores. Aun así, quiere darte la oportunidad de responder a sus preguntas. Así que ayúdale. Esta es tu única oportunidad, tu única oportunidad de demostrarnos que aún tienes algo dentro de ti que merece la pena salvar. Alguna parte de ti que aún no se ha vuelto podrida hasta la médula".

Eriel levantó los ojos: "Señor". Volvió a bajarlos.

"Puedes ser perdonado, pero si decides no ayudarle, tu falta de cooperación será debidamente tenida en cuenta".

Los ojos de Eriel permanecieron fijos en el suelo.

"¿Lo entiendes?" preguntó Miguel. Cuando Eriel no respondió, la voz de Michael atronó con un: "¿Comprendes?".

A E-Z le pareció que el hielo que le rodeaba se estremecía y temblaba con el mero sonido de la voz de Miguel y agradeció una vez más todos los cascos que protegían su cráneo. Esperaba que fueran suficientes, pues de lo contrario quedaría enterrado en este lugar con Eriel y Michael para siempre y nunca volvería a ver al Tío Sam, ni a sus amigos.

Eriel asintió.

"Cinco minutos", dijo Michael.

CLANK. CLANK. CLANK.

Y desapareció.

Eriel y él estaban solos.

E-Z se acercó a Eriel y le preguntó: "¿Cómo podemos vencer a Las Furias?".

Eriel abrió la boca para hablar, pero no dijo nada. Cerró los ojos.

"Por favor", suplicó E-Z. "Por favor, ayúdanos".

CLANK. CLANK. CLANK.

Michael ya había vuelto. No podían haber pasado ni cinco minutos, todavía no. No había aprendido nada, nada en absoluto de Eriel.

Eriel, con los dientes apretados y castañeteando, susurró tres palabras: "Usa las gafas de Rafael".

"¿Qué?" gritó E-Z, golpeando con los puños la pared de hielo. "¿Cómo?"

Lo siguiente que supo fue que estaba de nuevo en la puerta de la cocina. Ya no llevaba la ropa de sus padres, pero persistían los olores combinados de la loción de afeitar de su padre y el perfume de su madre. Se abrazó a sí mismo y escuchó cómo Charles le explicaba la moraleja de su historia.

"La moraleja de mi historia", dijo Charles, "es que todo es mejor cuando tienes amigos con los que compartirlo".

"Oh", dijo E-Z, cuando Samantha anunció que el desayuno estaba servido.

"Poneos en fila aquí. Coge un plato, una servilleta y cubiertos. Sírvete", dijo. "Es un smorgasbord".

Sobo dijo: "¡Sumogasubodo!" a Haruto, que chilló de alegría.

"He hecho sushi", dijo Samantha. "Era mi primera vez".

Sobo asintió: "Gracias, pero la próxima vez deja que te ayude".

Samantha asintió: "Sería maravilloso".

E-Z adelantó su silla.

El tío Sam susurró caminando a su lado: "¿Adónde has ido? Quiero decir que estabas allí, y tu silla estaba allí, pero también estabas en otro sitio, ¿no?".

"Sí, te lo explicaré más tarde. Necesito tiempo para procesar todo lo que ha pasado. Dame unos minutos. Ah, por cierto, gracias".

"¿Por qué?" preguntó Sam.

"Por el desayuno, fue como en los viejos tiempos. Divertido".

"Asegurémonos de volver a hacerlo pronto".

"Sin duda", dijo mientras se dirigía a su habitación.

CAPÍTULO 15
HOGAR DULCE HOGAR

AHORA QUE ESTABAN SOLOS, les sentó bien saber que Eriel ya no era una amenaza física para ellos. Había quedado incapacitado gracias a Michael, pero sólo después de haber traicionado a todos.

Eriel había ido demasiado lejos, pero ¿por qué? ¿Por qué traicionaría a los suyos? Sabiendo perfectamente que Miguel era más poderoso que él. No tenía sentido.

POP.

POP.

"¡Bienvenido a casa!", dijo.

Hadz y Reiki aterrizaron delante de él en la cama: "Gracias, E-Z. Siempre nos tratas con amabilidad".

"Siento que Eriel se portara tan mal contigo. Es bueno que ahora esté encerrado. Es lo que se merece".

"¿Qué te han parecido?" preguntó Hadz.

"No estoy seguro de lo que quieres decir".

"Enviamos la caja".

"Quizá no funcionó", dijo Reiki.

"¿Fuiste tú?" A E-Z se le llenaron los ojos de lágrimas.

"Me alegro de que llegara bien", dijo Hadz mientras las sonrisas de la pareja de aspirantes a ángeles se extendían por sus rostros de tal forma que parecía que el resto de sus facciones se atenuaban.

"Muchas gracias. Creía que todo lo que pertenecía a mis padres había sido destruido en el incendio". Respiró hondo luchando contra las lágrimas. "Ojalá hubiera podido traerlo aquí conmigo. Aunque significaba mucho tenerlo para...".

ZAP.

"Sólo tenías que decirlo. Al fin y al cabo, son tuyos", dijeron.

Estaba allí, al final de su cama. El cajón de sus padres, o lo que ellos llamaban su caja de mantas. En él estaban los tesoros que había guardado de niño. Y ahora era suyo. Un cofre tangible lleno de recuerdos de sus padres.

"¿Pero cómo?", preguntó.

"Conseguimos salvar algunas cosas, entrando y saliendo cuando la casa estaba ardiendo", dijo Hadz.

"Decidimos mantenerlas a salvo para ti, hasta que estuvieras preparado para recuperarlas. Esperamos que fuera el momento oportuno".

Se movió, como en un sueño, hacia el cofre y abrió la tapa. Una bocanada del afeitado almizclado y amaderado de su padre, mezclado con el perfume dulce y cetrino de su madre, lo recibió como un abrazo. Con cuidado de que no se le escapara todo de golpe, cerró suavemente la tapa.

"No puedo agradecéroslo lo suficiente. Nunca podré agradecéroslo. Ya lo contaré todo en otra ocasión. De nuevo, muchas gracias a los dos". Extendió los brazos y los dos aspirantes a ángeles volaron hacia ellos.

"Se está poniendo demasiado sentimental", dijo Hadz.

"¿Alguien te lo ha dicho; necesitas un corte de pelo?" preguntó Reiki.

E-Z se peinó con los dedos y se acarició la parte central que, debido a estar en las heladas entrañas de la tierra, se erizaba como las cerdas de un cepillo. "¿Mejor?"

"Un poco", dijo Hadz.

"Vale, tengo que concentrarme. Los demás vendrán pronto para ponerme al día sobre la situación de Eriel. Tengo que hablarles de Michael. ¿Crees que les impresionará que le haya conocido?"

"No importa si están impresionados", dijo Hadz. "Lo que importa es si Eriel te ha contado algo que merezca la pena".

"Sí, pero aún estoy intentando averiguar qué quiso decir".

"¡Cuéntanoslo, quizá podamos resolver el misterio!"

"¿Qué quiso decir?" preguntó Alfred, mientras asomaba el pico en la habitación.

"Entra", dijo E-Z.

Alfred entró contoneándose. Era época de muda y unas cuantas plumas revoloteaban detrás de él. "Hola Hadz, hola Reiki".

"Hola", contestaron.

"Es una larga historia, pero para ir al grano me llamaron al silo, donde Rafael y Ophaniel me pusieron al corriente de una situación sobre Eriel. Ha estado trabajando para todos los bandos. Fingiendo estar aliado con nosotros, los arcángeles y Las Furias. No te preocupes, se descubrió su traición y fue capturado y encarcelado. Está custodiado por el arcángel jefe Miguel, que me permitió hablar brevemente con Eriel".

"¿Y qué dijo Eriel?" preguntó Alfred.

"Sólo tuve tiempo de hacerle una pregunta. Así que le pregunté cómo podíamos vencer a Las Furias. Por eso vine aquí, para pensar en lo que me dijo".

"Ah, ¿así que querías estar sola?" preguntó Alfred. "Vamos Hadz y Reiki, demos a E- un poco de paz y tranquilidad". Se dirigió hacia la puerta, pero ellos se quedaron donde estaban.

"Un problema resuelto es un problema compartido", cantaron.

"Cierto". Y era la moraleja de la historia de Charles".

"Muy bien, reuníos". Hizo una pausa y luego dijo: "Eriel dijo que usáramos las gafas de Rafael".

"Bien, ¿eso es todo?" dijo Alfred. "Ya veo por qué no estás seguro de lo que quiso decir. Es muy vago".

"Ya lo sé. Y no dijo cómo utilizarlos".

Hadz se inclinó y le susurró algo a Reiki.

POP.

POP

Y desaparecieron.

"Quizás, empieza por el principio. Cuéntame exactamente lo que te dijo Eriel".

"Ya lo he hecho. Me dijo que utilizara las gafas de Rafael. Eso fue todo. Miguel nos tenía fichados. Al principio, pensé que Eriel no iba a decir ni una palabra. Dijo esas tres palabras y se acabó el tiempo. Lo siguiente que supe es que estaba aquí otra vez".

Alfred se paseó y se fijó en la caja de mantas que había al final de la cama. "¿Qué es esto entonces?"

"Perteneció a mis padres", dijo E-Z luchando contra los sollozos. "Hadz y Reiki la rescataron del incendio. Me dijeron que lo rescataron por mí, que incluso pusieron en peligro sus vidas".

"Eso fue tan", se le saltaron las lágrimas, "considerado por su parte. ¿Ya has pasado por ello?"

"No, pero lo haré".

"¿Cómo era Michael?"

"Tintineaba mucho al andar. Me recordaba al sueño que tuve sobre PJ, Arden y la guillotina".

"Recuerdo que nos hablaste de ese sueño. ¿Daba tanto miedo como el verdugo?".

"Michael estaba muy enfadado y con razón. Eriel le traicionó, todos los arcángeles y nosotros. Lo que no entendía era qué podía valer semejante riesgo".

"El poder: algunas personas harían cualquier cosa por conseguirlo. Pero lo que tenemos que averiguar es cómo podemos utilizar las gafas de Rafael para detener el plan que pusieron en marcha Eriel y Las Furias".

E-Z se las quitó de la cara. Cuando las llevaba puestas, la sangre no palpitaba ni se movía en las monturas, como ocurría cuando las llevaba Rafael. En él, eran como cualquier otra gafa.

"Ordena a las gafas que hagan algo", sugirió Alfred.

"Las gafas desaparecen", ordenó E-Z.

Las dejó caer y cayeron al suelo.

E-Z suspiró. Definitivamente, dos cabezas no eran mejor que una en este caso. Se echó a reír.

"Me alegro de ver a Hadz y Reiki de vuelta. ¿Están aquí para quedarse? Quiero decir, ¿para ayudarnos?"

"Sí, pero han pasado por muchas cosas últimamente y puede que sufran TEPT, es decir, trastorno de estrés postraumático".

"Sí, ya lo sé. ¿Qué ha pasado?

"Ha pasado Eriel, eso es lo que ha pasado. Por lo que parece, ha estado sembrando el caos y el caos en la Tierra y en todas partes". E-Z hizo una pausa. "¿Y si utilizara las gafas para cambiar de forma?".

"¿Y hacer qué?"

"Si pudiera cambiar de forma, podría visitar a Las Furias como Eriel".

"Eso sólo funcionaría si no se dieran cuenta de que había sido capturado", dijo Alfred.

"Sí, pero si no lo supieran. Piensa en el daño que podría hacer. Podría entrar ahí. Pensarían que estoy de su parte. Y podría volverme contra ellos. BAM, ¡podría hacerles polvo!".

POP.

POP.

"¡Sería demasiado peligroso!" chilló Hadz.

"¡Demasiadooooooooo peligroso!" Reiki se hizo eco.

"Además, tenemos otra idea".

"Cuéntanosla", dijo E-Z.

"Han recreado La Habitación Blanca, así que volvimos allí para ver si hay algún libro sobre las gafas de Rafael".

"¿Y? ¿Había algún libro?"

"No", dijo Hadz.

"Pero encontramos esto", dijo Reiki.

Era un librito diminuto, del tamaño de la punta del dedo índice de E-Z. El título del lomo decía El Primer Libro de Enoch de Rafael.

Hadz y Reiki hojearon las páginas, ya que el libro tenía el tamaño perfecto para que los dos lo sostuvieran juntos.

"Aquí dice", leyó Hadz en voz alta, "que el propósito de Rafael era sanar la tierra que los ángeles caídos habían profanado".

"¿Recuerdas que Rafael dijo que sólo podría invocarla cuando se acercara el fin? Tal vez, las gafas sólo me revelen sus poderes cuando sean necesarias también".

"Exacto", coincidieron Hadz y Reiki.

"Creo que necesitamos una sesión de lluvia de ideas con los demás, pero tu idea de cambiar tu apariencia por la de Eriel es buena", dijo Alfred. "Sólo tendríamos que pensar en cómo respaldarte cuando lo hicieras, para mantenerte a salvo".

"Ésa es una mala idea", dijo Hadz.

"¡Una idea muy mala!" dijo Reiki.

"¿En qué sentido?" inquirió Alfred.

"En primer lugar, no sabes lo que saben Las Furias".

"O no lo saben".

"Segundo, podría ser una trampa".

"Una trampa orquestada por Eriel y Las Furias".

"Tercero, y lo más importante de todo,"

"Eriel está aterrorizada por Miguel".

Al unísono dijeron: "Las gafas de Rafael deben contener la clave de todo. Eriel busca el perdón y la redención de Miguel y los demás arcángeles. Es su única esperanza. Tú eres su única esperanza. Por lo tanto, creemos que te ha dicho la verdad".

"Pero ¿y si Las Furias no conocen la - situación de Eriel? Mientras ellos estén en la oscuridad, nosotros tenemos ventaja", dijo Alfred.

"Estoy de acuerdo", dijo E-Z.

Lia asomó la cabeza por la habitación, seguida por el resto de la pandilla. "¿Qué pasa?", preguntó.

"Entra y te lo explicaré. Ah, y cierra la puerta detrás de ti".

"Suena dudoso", dijo Lia. Se fijó en Hadz y Reiki y los saludó con la mano. Luego cerró la puerta tras ellos y echó el pestillo.

"Suena dudoso", dijo Lia. Se fijó en Hadz y Reiki y los saludó con la mano. Luego cerró la puerta tras ellos y echó el pestillo.

CAPÍTULO 16
¿QUÉ AHORA?

"T OMAD ASIENTO, PONEOS CÓMODOS", dijo, mientras todos se amontonaban en su cama. "Primero, para los que aún no los conozcan: éste es Hadz, y éste es Reiki. Son amigos y aspirantes a ángeles. Han sido designados para ayudarnos".

Haruto hizo una reverencia y Lachie dijo: "¡Buenos días!". Charles y Brandy les estrecharon la mano.

Después de que todos fueran presentados formalmente, el equipo se sentó a un lado de la cama. E-Z pensó que parecían pasajeros esperando un autobús.

"Estamos todos aquí, para derrotar a Las Furias. Pero hay cierta información actual que debemos tener en cuenta. Antes de seguir adelante".

"¿Qué quieres decir?" preguntó Lia. "¿Estás sugiriendo que podríamos no participar?".

E-Z se aclaró la garganta.

"Es mejor que me dejéis que os lo cuente todo, luego podréis hacer preguntas. Probablemente debería haber empezado por ahí. Pero aún estoy procesándolo todo yo mismo". Vaciló. "Lo que quiero decir es que me deis un poco de margen, ya que es una situación complicada y aún más difícil de explicar".

Todos asintieron, así que continuó.

"Los arcángeles han detenido a Eriel. Les ha traicionado y nos ha traicionado. Ya no es una amenaza para nosotros, pero ha puesto en peligro nuestra misión. El problema es que no sabemos cuánto. Pero sí sabemos más sobre sus intenciones: hacerse con el control de la Tierra por todos los medios posibles. Enfrentarse a los arcángeles para conseguirlo, eso sí que era arriesgarse, aunque tuviera a Las Furias de su lado".

Un jadeo audible de todos hizo que se detuviera unos instantes antes de continuar.

"Los arcángeles le han dado la espalda. Conocí a Miguel, que dirige a los arcángeles, y estaba disgustado con Eriel. Y Eriel le tenía terror".

Más jadeos audibles.

"Nuestro Plan A consistía en atrapar a Las Furias dentro del entorno de juego. Eriel conocía este plan. De hecho, nos animó a seguir adelante con él. Así que tenemos que pasar al Plan B. El mero hecho de que conociera el Plan A, es suficiente para que lo descartemos".

Más jadeos y un "¡Oh, no!".

"Así que, Plan B. Sé que estás pensando lo obvio: es decir, que no tenemos un Plan B. Pues no lo teníamos. Pero ahora lo tenemos. ¿Os chocará saber que nuestro Plan B ha salido de la boca de nuestro traidor?".

Todos asintieron.

"Como dije anteriormente, me reuní con Miguel. Fue él quien sugirió a Eriel que podría ser indulgente con él si, y sólo si, nos ayudaba.

"Michael sólo nos concedió cinco minutos juntos. Y durante la mayor parte de ese tiempo Eriel no dijo nada. Entonces, justo cuando estaba a punto de expirar, dijo tres palabras: "Utiliza las gafas de Rafael", y eso fue todo. Recordé algún tiempo después que Rafael había dicho que Charles podía ser nuestra arma secreta, así que con las gafas podríamos tener dos armas de las que ellos no tienen conocimiento".

Charles jadeó.

E-Z reconoció a Charles con un movimiento de cabeza.

"Pero antes de reducirlo y hacer una lluvia de ideas, tenemos que ver el panorama general y decidir si ésta es nuestra lucha. Si es algo en lo que queremos participar como equipo.

"Gracias a Eriel, hoy estoy vivo. Me salvó y me dijo que estaba en deuda con él y con los demás arcángeles. Para saldar esta deuda completé varias pruebas. Alfred y Lia aparecieron y juntos formamos Los Tres. Y luego nos separamos a petición suya.

"Creamos nuestro propio sitio web de superhéroes y ayudamos a la gente. Hasta que los arcángeles solicitaron nuestra ayuda para derrotar a los piratas Cazadores de Almas. Con el tiempo supimos quiénes eran: Las Furias, poderosas y malvadas diosas griegas que habían regresado.

"Hadz y Reiki me llevaron de reconocimiento, para mostrarme su cuartel general en el Valle de la Muerte. Allí vi con mis propios ojos el almacenamiento de contenedores llenos de almas de niños. Más tarde, nos arrebataron a PJ y Arden. Su estado no ha cambiado. Y vimos de primera mano, gracias a Rafael, a esas desagradables diosas trabajando.

"Las Furias son oponentes dignos. Si luchamos contra ellas, podríamos morir. Por supuesto, esto no es información reciente, pero ¿merece la pena arriesgar nuestras vidas ahora que Eriel nos ha traicionado?

"Teniendo todo en cuenta, y sobre todo, que tenemos dos armas secretas de nuestro lado. Aunque sean armas que no sabemos cómo podemos utilizar. Tal vez, estemos en una buena situación para ganar este combate. Eso si permanecemos unidos y si nos cubrimos las espaldas mutuamente. Si estamos dispuestos a seguir arriesgando nuestras vidas por un bien mayor. Por el bien de la Tierra, salvando la Tierra. ¿Qué decís?"

Lo siguiente que supo fue que todo el mundo -excepto Alfred- estaba dando saltos en la cama diciendo: "¡Uno para todos y todos para uno!".

E-Z levantó la mano. "

Todos los que estéis a favor de luchar contra Las Furias, decid: "Sí".

La decisión fue unánime.

Sobo llamó a la puerta preguntando: "Quizá yo también pueda ayudar".

CAPÍTULO 17
PREGUNTA A CHARLES DICKENS

BRANDY SE BURLÓ AUDIBLEMENTE haciendo que todos los presentes miraran en su dirección. Ahora que tenía la atención de todos, preguntó: "¿Y cómo vas a ayudar tú, una anciana, a nuestro equipo de niños superhéroes a vencer a las tres poderosas diosas malvadas?".

Un grito ahogado resonó por toda la sala, haciendo que Haruto se moviera rápidamente al lado de su Sobo. Agarró su mano y la estrechó contra su corazón.

Sobo, que no se inmutó por la ignorancia de Brandy, susurró palabras tranquilizadoras en japonés a su nieto.

"Discúlpate", exigió E-Z.

"No pasa nada", dijo Sobo. "Tiene razón, puede que no sea un superhéroe como todos vosotros, pero todos en esta vida tenemos algo que dar".

"Lo siento, Sobo", dijo Brandy. No se detuvo ahí. "Lo que quería decir era..."

"¡Cállate!" exclamó Lia. "Entra, Sobo".

"Nos vendrá bien toda la ayuda que podamos conseguir", dijo E-Z.

Charles se levantó, ofreciendo su sitio a Sobo y Haruto.

"Gracias", dijo Sobo, y ella y su nieto se sentaron uno al lado del otro sin hablar durante unos instantes.

"¿Te encuentras bien?" preguntó Haruto.

"Sí, pequeño", dijo Sobo. "Yo también tengo un superpoder. Ese superpoder se llama transformación. He vivido muchas vidas y he interpretado muchos papeles... Con cada vida aprendo algo nuevo. Estoy abierta al aprendizaje, en eso consiste la vida. Te ofrezco mi vida; haría cualquier cosa por salvarte. A todos vosotros".

"¿Incluso a mí?" preguntó Brandy.

Sobo se rió. "Especialmente a ti, niña".

Brandy cruzó la habitación y le echó los brazos al cuello a Sobo. "Gracias. Pero ¿por qué especialmente a mí?"

Haruto se puso en pie y, con las manos en las caderas, exclamó: "¡Porque estás como una cabra!".

Todos se rieron, incluida Brandy.

Sobo dijo: "Porque eres intrépido. Sí, ser intrépido es una emoción poderosa, pero debes aprender a tener paciencia. Necesitas ambas cosas para sobrevivir en este mundo. Con ambas te convertirás aún más en una fuerza a tener en cuenta. La vida consiste en cambiar, tú mismo de dentro a fuera, de fuera a dentro. Aprende. Crece. Debemos ser como los árboles, cambiar con las estaciones, doblarnos con el viento".

"Qué hermoso", dijo Charles.

"Pero el mundo está lleno del bien y del mal", dijo Sobo. "Tiene que ser así. Uno debe existir para que exista el otro. Y nosotros, tú y yo y todos los que estamos aquí, sólo debemos luchar por el lado del bien. En este mundo sólo puede haber un vencedor. Ese vencedor debe ser por el bien de toda la humanidad".

Sobo dejó de hablar. Mientras recuperaba el aliento, los demás permanecieron callados esperando a que continuara.

"El motivo por el que estoy aquí -continuó Sobo- es traer saludos de Rosalie".

"Tú y Rosalie, Sobo, ¿pero cómo?". inquirió Lia.

"Rosalie vino a mí en un sueño. ¿Cómo supe que era ella? Porque ella me lo dijo. Los sueños son poderosos unificadores. Los espíritus atraviesan los mundos y se mezclan con nosotros para estar con nosotros, o para decirnos cosas que desconocemos, como advertencias, premoniciones. Rosalie quería ayudarnos a librar la batalla, a luchar y vencer".

"Sí", dijo E-Z. "A menudo sueño con mis padres. A veces me revelan cosas, o me cuentan cosas que ellos no podían saber. A menos que compartieran mi vida conmigo".

"Sí, el amor es una emoción poderosa que no tiene límites. Aquellos a quienes amas te buscarán, te encontrarán, te ayudarán, incluso en los momentos más oscuros".

"¿Es ella -preguntó Lia- feliz?".

Sobo sonrió. "La felicidad no lo es todo. Déjame decirte que es ella misma. Eso es todo lo que necesitas saber. Y como ella misma, como recipiente que lucha también sólo del lado del bien, cree en ti, Sr. Charles Dickens. Tú eres nuestro poder".

"¿Yo?" preguntó Charles.

"Sí, Charles. Llévanos a la biblioteca. La biblioteca en las nubes".

"Nunca he oído hablar de ella. No puedo llevarte allí. Me habrá confundido con uno de los otros".

"¿Qué biblioteca?" preguntó Brandy.

"¿Y por qué está en las nubes?" inquirió Lia.

"He estado allí", dijo Sobo. "Es muy antigua y está protegida... sólo lo saben los que saben".

"Yo no soy uno de ellos", dijo Charles.

"Sólo necesitas un poco de ayuda", dijo Sobo. "Dale las gafas de Raphael y entonces, estará al tanto".

"Un momento", dijo E-Z. "¿Cómo has llegado hasta allí?"

"¿No me crees?" Sobo sonrió. "Rosalie me llevó allí en un sueño... es un espíritu... y me guió como un caminante de sueños".

"¿Estás seguro de que no era un recuerdo que estaba compartiendo sobre La Habitación Blanca?".

"Definitivamente, no. ¿Cómo lo sé? preguntó Sobo. "Porque Rosalie me dijo que no quería volver nunca al lugar donde fue asesinada por aquellas despiadadas hermanas".

"Eso tiene sentido y, sin embargo, algo que dijo Rafael sobre no entregar nunca las gafas -a nadie- hace que me preocupe ir en contra de sus deseos".

"¿Y si Rosalie no es una de las que están al corriente?" preguntó Sobo. "¿Debemos dejar pasar esta oportunidad de aumentar nuestras probabilidades de derrotar a Las Furias rechazando la última información de Rosalie, una amiga y confidente de confianza?".

"Dime primero", dijo E-Z, "¿cómo fue?".

Sobo cerró los ojos. "Imagina una época en la que sólo abrías el agua caliente en la ducha o el baño, sin ventilador ni ventana abierta. Salías de la habitación para coger algo y cerrabas la puerta. Cuando la abriste más tarde, la habitación estaba llena de vapor y al entrar no podías ver nada, al principio. Pero tus ojos se adaptaron y entonces pudiste verlo todo. A mí me pasó lo mismo cuando entré por primera vez en la Biblioteca de las Nubes".

Abrió los ojos. "Imagina el interior de la nube donde existían los libros. Todos y cada uno de los libros escritos, publicados, todos allí, delante de ti. Disponibles para leer, coger, aprender. Así era la

Biblioteca de la Nube. Y todos debemos ir a verlo por nosotros mismos, ahora. Hoy".

"Suena mágico", dijo Charles. "Quiero ir. Quiero llevaros a todos allí".

"Suena demasiado bien para ser verdad", dijo Brandy.

Sobo sonrió.

E-Z vaciló antes de quitarse las gafas y entregárselas a Charles.

"E-Z", dijo Sobo, "Rosalie me dijo que la excepción a la regla de Rafael era Charles. ¿Te acuerdas? Y fue ella quien reveló que Charles era nuestra arma secreta".

E-Z asintió y le dio las gafas a Charles.

Sin dudarlo, Charles se las puso. Cuando se las colocó detrás de las orejas, los colores de las monturas palpitaron en todos los colores conocidos por el hombre. Todos los colores excepto el rojo. Cuando las gafas se asentaron en el tono verde hierba, el cuello de Charles se torció a la izquierda, a la derecha, a la derecha, a la izquierda. Se enderezó y miró al frente.

"Estoy preparado", dijo. "Cogeos de la mano, para que estemos todos conectados, y os llevaré allí".

"¡Espéranos!" gritaron Hadz y Reiki, mientras saltaban sobre los hombros de E'Z y se sujetaban para salvar la vida. Momentos después, nadie había ido a ninguna parte.

CAPÍTULO 18

¿QUÉ ERRORES COMETIMOS?

"**N**O LO ENTIENDO", DIJO Charles. "Podría verlo en mi mente. Quizá necesite instrucciones, o algunas palabras mágicas. ¿Te dijo Rosalie algo especial que tuviera que hacer aparte de ponerle las gafas a Sobo?". preguntó Charles.

Sobo negó con la cabeza. "Prueba algo diferente".

"¡Llévanos a la Sala de las Nubes!", exigió.

Esta vez, como un grupo, todos se balancearon, como si alguien hubiera abierto una ventana.

"Cierra los ojos", dijo Charles. "¿Todos preparados?" Todos asintieron. Cerró los ojos mientras el grupo de superhéroes más Sobo se fragmentaba.

"Algo se siente, diferente", dijo Lachie abriendo los ojos. "Me siento diferente".

E-Z también se sintió extraño, mientras abría los ojos. Hadz y Reiki roncaban ahora. Parecía un momento extraño para que se echaran la siesta. ¿Y qué más era diferente? Las gafas de Rafael no tenían color. ¿Por qué? Nunca le había pasado. ¿Y qué más? Alfred, ¿dónde demonios estaba Alfred?

"¿Alfred? ¿Dónde estás?

Lia rompió a llorar.

"¿Por qué lloras? preguntó E-Z.

"Porque no puedo ver nada, ni con las manos. Ya no".

"Charles. Las gafas", dijo Brandy.

"¿Y las?", se las quitó.

Se taparon los oídos mientras Sobo echaba la cabeza hacia atrás y gemía como una banshee, hasta que la suave música orquestal se impuso a sus gritos y todos se durmieron.

✳✳✳

AHORA QUE LOS GEMELOS dormían, Samantha y Sam se preguntaron cómo iría la reunión en la habitación E-Z. Cuando llegaron, la puerta estaba cerrada y nadie respondió cuando llamaron.

"Qué raro", dijo Sam. "E-Z nunca cierra la puerta.

"Coge la llave", dijo Samantha.

Sam tuvo un mal presentimiento, mientras introducía la llave en la cerradura.

Sam y Samantha miraron, mientras Sobo, Brandy, Lia, Lachie, Haruto, Charles y E-Z miraban al frente como maniquíes en un escaparate.

"Apenas respiran", dijo Sam.

"¿Y dónde está Alfred?"

"¿Y por qué Charles lleva las gafas de Raphael?".

"Tengo miedo", dijo Samantha, cogiendo la mano de su marido entre las suyas.

"No creo que debamos molestar nada aquí", dijo Sam. "Tengo la sensación de que está pasando algo que desconocemos".

"Es espeluznante".

"¿Qué es eso?" preguntó Sam, fijándose en la caja que había al final de la cama de E-Z. "¡No me lo puedo creer! No puede ser". Se agachó y levantó la tapa del cofre que había visto muchas veces en la habitación de su hermano. Un cofre que había creído destruido en el incendio. Como había sucedido con E-Z, los recuerdos creados por los olores del interior surgieron y se sintió abrumado por las emociones.

"Salgamos de aquí", dijo Samantha. "Puedes contarme más cosas sobre el cofre, fuera".

"Démosle un poco de tiempo. Pronto se despertarán y..."

"No creo que tengamos otra opción", dijo Samantha, mientras cerraban la puerta tras ellas.

CAPÍTULO 19
SALA NUBE

CHARLES SE QUEDÓ PARADO un momento, observando su entorno. ¿Les había traído al lugar equivocado? Él y los demás (que dormían) estaban en lo alto del cielo, sin una sola nube a la vista. Habían aterrizado en medio de una plataforma de cristal. No tenía ni idea de cómo se sostenía. Se dio cuenta de que la silla de ruedas de E-Z rodaba hacia delante, así que se acercó corriendo y le despertó.

"¿Dónde estamos?", preguntó, despertando a Hadz y Reiki, que seguían sobre sus hombros profundamente dormidos.

"¡Despierta! Despierta!" ordenó Charles.

Uno a uno abrieron los ojos y, al darse cuenta de lo alto que estaban, se aferraron el uno al otro, intentando no moverse. Intentando no mirar hacia abajo a través del cristal que les impedía estrellarse contra el suelo.

"Ojalá esto tuviera una barandilla". exclamó Lia. Ahora podía verlo todo, pero una parte de ella deseaba que no fuera así.

"Lo que lo sostiene, eso es lo que no puedo entender", dijo Charles.

"Nunca me han gustado mucho las alturas", dijo Brandy, mientras agarraba la mano más cercana a la suya, la de Charles.

"Oh", dijo él, sintiendo lo fría que estaba la mano de ella.

"Voy a volar hasta allí y echar un vistazo", dijo E-Z, y echó a volar, moviéndose alrededor de la plataforma, que parecía surgida de la nada, sin nada que la sostuviera ni ningún ancla que la mantuviera en su sitio.

Haruto se agarró a la mano de su abuela. Ella tardó más en despertarse que los demás. Cuando pareció despertarse del todo, "Oh, no", fue todo lo que dijo. Una y otra vez.

"Ésta no es la Sala de las Nubes a la que te llevó Rosalie, ¿verdad?". preguntó Charles.

Sobo dio un paso, dos pasos, mientras los niños se aferraban a ella. Cerró los ojos, los apretó con fuerza y volvió a abrirlos.

"¿Qué haces?" preguntó Brandy.

"Busco los libros", dijo Sobo. "Si éste es el lugar, debería haber libros. Muchos libros. No veo ninguno. Ni uno".

E-Z, que seguía investigando la estructura de la plataforma, preguntó: "¿Te parece que estamos en el lugar correcto? ¿Podrían estar camuflados los libros? ¿Puede verlos alguien?"

Todos movieron la cabeza en señal de no, incluso Hadz y Reiki, que hasta ese momento no habían pronunciado ni una sola palabra entre los dos.

"Tengo un mal, mal presentimiento sobre este lugar", cantaron al unísono Hadz y Reiki.

Charles dudó antes de hablar. "Vi una biblioteca en mi cabeza cuando me puse las gafas, y era como Sobo nos la describió. No había ninguna plataforma de cristal. Este lugar no es el que yo había imaginado. Al principio, pensé que las gafas habían cometido un error, pero ahora, si Hadz y Reiki tienen un mal presentimiento, y Sobo también, creo". Sobo asintió, y notó que temblaba. "Creo que tenemos que largarnos de aquí, y rápido".

E-Z se dio cuenta de que faltaba Alfred. "¿Alguien sabe qué le ha pasado a Alfred? Todos estábamos conectados por el tacto cuando llegamos aquí. ¿Cómo ha podido encariñarse?" Ahora se dio cuenta de que Hadz y Reiki parecían fuera de sí. Casi como si los hubieran drogado, pues tenían los ojos entornados y les costaba mantenerse despiertos.

"Los cisnes no tienen dedos para tocar", cantaron al unísono los dos aspirantes a ángeles. Se echaron a reír y giraron en círculos hasta que se marearon demasiado para mantenerse a flote y cayeron al suelo de cristal con un SPLAT.

"Vale Charles, para mí ya son suficientes pruebas. Llévanos de vuelta a casa, ahora".

Charles, que se había quitado las gafas de Rafael y ahora se las había vuelto a poner con la intención de seguir las órdenes de E-Z, exclamó: "¡Oh, ahí están!".

"¿Ahora puedes ver los libros?" preguntó Sobo.

"No podía cuando llegamos, pero ahora sí. ¿Qué se supone que debo hacer ahora?

"No tiene sentido", dijo Sobo, "¿por qué iban a estar disfrazados para ti y luego revelados? Rosalie no mencionó estas cosas".

"Creo que el aire de aquí arriba está afectando a nuestros cerebros", dijo E-Z. "Empiezo a sentirme fuera de mí, mareado. Será mejor que salgamos de aquí y pronto o acabaremos boca abajo en la plataforma como Hadz y Reiki".

Charles extendió la mano y en ella voló un libro que se metió dentro de la camisa. "¡Llévanos de vuelta!", gritó. Como la primera vez que lo intentaron, no ocurrió nada.

"Quizá tengamos que cogernos de la mano", dijo Sobo. "Y volver a cerrar los ojos".

Hicieron ambas cosas e, inmediatamente, enormes ráfagas de viento empezaron a sacudirlos sobre la plataforma. Se apiñaron, como un equipo de fútbol antes de una gran jugada, aferrándose los unos a los otros. Empujando los pies sobre la plataforma, con la esperanza de que no salieran volando.

E-Z se devanaba los sesos, intentando pensar en una salida. ¿Acaso la única forma era utilizar la única oportunidad de invocar a Rafael para que acudiera al rescate? Miró a Charles, que parecía desvanecerse. "¡Charles!", gritó, y entonces se dio cuenta de que, por encima de su hombro, se acercaban rápidamente hacia ellos Baby, la Pequeña Dorrit y Alfred.

Alfred gritó: "Tenemos que sacarte de aquí... ya. Este lugar es como un faro, que te ilumina para que te vea todo el mundo, incluidas Las Furias".

Sobo sollozó: "No sabía que habían utilizado a Rosalie como trampa".

"Charles sí vio los libros, e incluso consiguió uno. Pongámonos a salvo. Nadie tiene la culpa. Tus intenciones eran buenas", dijo E-Z.

"Gracias", dijo Sobo, mientras empezaba a desvanecerse, como había hecho Charles. Brandy le cogió la mano y la sujetó con fuerza hasta que Sobo dejó de desvanecerse.

Alfred dijo: "¡Vamos!".

Lachie saltó a la espalda de Bebé, tiró del tembloroso Charles a bordo con él y salieron volando. Dentro de su camisa, el libro que sostenía allí se expandió y dos de los botones de su camisa salieron volando. Sujetó firmemente el libro con un brazo, y a Lachie con el otro mientras Baby aceleraba el paso.

La Pequeña Dorrit se inclinó sin tocar la plataforma, para que el resto pudiera subir a bordo, mientras E-Z agarraba a Hadz y a Reiki. Salieron volando, con Alfred y E-Z volando uno al lado del otro, mientras el cielo cambiaba de azul a negro, de negro a azul, a negro, y salían las estrellas, pero no eran estrellas. Eran globos oculares. Globos oculares que disparaban mocos, como los que había encontrado en el Valle de la Muerte cuando se topó por primera vez con Las Furias.

SPLAT. SPLAT. SPLAT.

SPLAT. SPLAT. SPLAT. SPLAT.

SPLAT. SPLAT. SPLAT. SPLAT. SPL-

Charles gritó con todas sus fuerzas: "¡A CASA!". Y esta vez funcionó. Estaban de nuevo en casa. A salvo.

Haruto abrazó a su abuela.

"Me alegro tanto de volver a casa", se dijeron el uno al otro.

Momentos después llegaron Sam y Samantha.

***

"**V**IMOS VUESTROS CUERPOS DORMIDOS en vuestra habitación. No sabíamos qué hacer", dijo Sam.

"Es una larga historia", dijo E-Z.

Sobo preguntó a Charles: "¿Conseguisteis conservar el libro?" "Claro que sí", dijo Charles, sosteniéndolo en alto. Era un volumen grande, de tapa dura, con un lomo grueso que todos podían ver y leer -.

Grandes esperanzas, de Charles Dickens.

"¿Te has traído uno de tus libros?", exclamó Brandy. exclamó Brandy.

Lachie se burló.

"I..." dijo Charles. "Me dijiste que eligiera cualquier libro, y éste fue el que cogí al azar".

"Todo ocurre por alguna razón", dijo Lia.

"Pero esto es realmente exagerado", exclamó Brandy.

"Cálmense todos", dijo E-Z. "Charles hizo lo que pudo dadas las circunstancias, y al menos ÉL pudo ver los libros. Ninguno de nosotros pudo".

"Grandes esperanzas", dijo Alfred, "¡es un libro grrr-eat!". Sonaba como la versión británica de Tony el Tigre en los anuncios de cereales.

"Tiene razón", coincidieron Sam y Samantha. "Es una de las mejores novelas jamás escritas".

Charles le quitó las gafas a Rafael y se las devolvió a E-Z, que se las puso inmediatamente. Sacudió la cabeza, pero el título del libro que Charles sostenía aún era diferente. Leyó el nuevo título en voz alta,

"Campo de sueños, de W. P. Kinsella".

"Déjame intentarlo", dijo Lia, alcanzando las gafas de Rafael.

"¡Espera!" gritó E-Z, cuando Lia se las quitó de la cara. "No te las pongas. Recuerda que Rafael dijo que sólo yo debía llevarlas, pero hice una excepción con Charles por el sueño de Sobo, pero no creo que debamos pasárnoslas. Además, ya sabemos la respuesta a la pregunta que todos nos hacemos. Es un libro que se convierte en cualquier título que el lector quiera ver".

"O necesite ver", dijo Sobo.

"Pero yo no quería ni necesitaba ver Grandes esperanzas. Ni siquiera había oído hablar de él".

"Pero imagínate", dijo Sam, "qué clase de biblioteca podría ser en el futuro. Todo lo que tenemos que hacer es pensar en el título de un libro, y voilá, lo tendremos en nuestras manos".

"Pero no sería muy bueno para los autores, ¿cómo cobrarían? preguntó Samantha.

"No sé cómo funcionaría, y quizá nos estemos perdiendo algo grande", dijo Alfred.

"¿Grande, como qué? preguntó E-Z.

"¿Y si fuera el libro quien eligiera al lector en vez de al revés?".

"Doo-doo-doo-doo", cantó Brandy, que era la música de La dimensión desconocida.

"Recapitulemos. Sobo tuvo un sueño en el que Rosalie le mostraba La Biblioteca de las Nubes y, con las gafas de Rafael, Charles podía llevarnos allí. Así lo hizo, pero el lugar no era como esperaba. Sólo Charles podía ver los libros, cogió uno y, en el camino de vuelta, fuimos atacados por unos globos oculares que disparaban mocos, parecidos a los que nos atacaron a Hadz Reiki y a mí en el Valle de la Muerte" "Eso es todo en pocas palabras", dijo Brandy.

"Lo que me pregunto es si Eriel les contó a Las Furias que Rafael le dio las gafas a E-Z", preguntó Lachie.

"Eso es algo que quizá nunca sepamos", dijo E-Z, "porque Michael sólo le dio a Eriel una oportunidad de hablar conmigo". Se acercó a la ventana y miró hacia fuera. "Me pregunto", dijo.

"¿Preguntarme qué?", exclamaron todos.

"Si Las Furias saben lo de las gafas y sus poderes. Si nos engañaron a través de Rosalie para visitar la Biblioteca de las Nubes, entonces deben saber lo de Charles. Eso significa que ya no es un arma secreta. ¿Cómo es posible que lo supieran? Y sin embargo, lo de los mocos en los ojos es demasiada coincidencia".

"Eriel te dijo que usaras las gafas", dijo Alfred.

"Lo vi, cómo lo retenían y no había forma, ninguna forma posible de que hubiera enviado un mensaje a Las Furias... no con Michael vigilando cada uno de sus movimientos". E-Z rodó hacia donde estaban los demás. "Por cierto, Alfred, ¿cómo te separaste de nosotros?".

"Estaba perdido dentro de una nube negra, hasta que llamé a la Pequeña Dorrit y a Bebé para que me ayudaran y ya sabes el resto".

"Fue muy raro", dijo Charles. "En un momento no podía ver los libros, me quitaba las gafas, me las volvía a poner y estaban por todas partes. Aun así, yo era el único que podía verlos".

"Yo podía verlos", dijo Baby. "Éste voló hacia mí", se lo lanzó a Charles, que lo cogió con dos dedos.

Era un libro en miniatura, con un título diminuto en el lomo que todos leyeron en voz alta:

"Todo lo que siempre quisiste saber sobre las Furias pero temías preguntar, por Anónimo".

"¡Anotación!" exclamó Brandy.

Se reunieron en torno al diminuto libro, mientras Charles lo abría con sumo cuidado. La portada estaba en blanco, al igual que la primera página. Pasó a la página siguiente, donde había palabras, que inmediatamente empezaron a moverse, a revolverse. Las palabras flotaban por la página, barajándose y volviéndose a barajar, como si hubieran olvidado qué palabras y qué idioma debían representar.

E-Z, que aún llevaba puestas las gafas de Rafael, se sintió mareado cuando las palabras se desplazaron y se las quitó.

"Inténtalo tú", dijo a Charles, entregándole las gafas.

Charles se las puso y volvió a quitárselas rápidamente, corriendo hacia la ventana para tomar un poco de aire fresco. Se las devolvió a E-Z.

"Ahora tú", le dijo a Sobo, que se negó a probarse las gafas al igual que Haruto".

"Lo intentaré", dijo Lia, pero enseguida se unió a Charles en la ventana.

"¿Lachie?" preguntó E-Z.

"Claro que sí", dijo él, poniéndose las gafas y volviéndoselas a quitar inmediatamente. "Ni hablar", dijo, dejándose caer en la cama.

"¡Déjame a mí!" dijo Brandy, mientras E-Z le ponía las gafas en la mano y ella se las aplicaba en la cara. "Espera un momento", dijo, "creo que veo algo, es..." y expulsó una sustancia verde que, afortunadamente, golpeó la pared en lugar de a una persona.

"Ven con nosotras", dijeron Sam y Samantha a Brandy, "te ayudaremos a limpiarte".

"Eh, gracias", dijo E-Z, girando su silla hacia Alfred y colocándose las gafas en el pico.

"Un cisne con gafas. Ridículo!" dijo Alfred.

"¡Pareces muy estudioso!" dijo Charles.

"¡Te pareces al profesor Ludwig Von Drake!" exclamó Brandy.

Sam dijo: "Era el profesor del Pato Donald".

"Oh", dijeron los que eran demasiado jóvenes para haber oído hablar del Pato Donald.

"¡Vaya!", dijo Alfred, cuando las palabras dejaron de arremolinarse y volvieron a la forma en que las había escrito el autor. Leyó las dos primeras páginas, luego la siguiente, la siguiente y la siguiente. Voló por todo el libro con la facilidad de un lector veloz y, cuando terminó, el libro se cerró de golpe.

POOF

Y desapareció.

"Bueno, ha sido interesante", dijo Alfred, devolviéndole las gafas a E-Z y evitando caerse.

"¿Quieres decir que lo has leído todo? dijo Sam. "Esas gafas son extraordinarias".

"Lo recuerdo todo, pero necesito procesar la información y necesito descansar. No quiero sentarme aquí y leértelo entero. Es mejor que ordene lo que he aprendido y luego hablaremos de ello".

"¿Y si -preguntó Brandy- se te ha escapado algo que a una de nosotras no se le habría escapado? No es nada personal".

Alfred se rió. "Que ahora tenga forma de cisne no significa que no haya leído muchísimos libros a lo largo de mi vida. De hecho, asistí a la Universidad de Oxford cuando era joven y me gradué con honores. Estudié Literatura y Artes".

E-Z dijo: "Tú no elegiste el libro: el libro te eligió a ti. Ninguno de nosotros pudo leer ni una sola palabra en él".

"Gracias, por creer en mí".

Lia dijo: "¿Cuánto tiempo quieres reflexionar? ¿Podemos ir a ver la película?".

Samantha dijo: "Tendré que preparar más palomitas. Ya nos hemos comido el otro tazón".

"Comer con estrés", dijo Sam con una sonrisa burlona.

"Gracias", dijo Alfred. "Volveré contigo en cuanto pueda".

"Tómate todo el tiempo que necesites", dijo E-Z, "ven a reunirte con nosotros cuando estés listo".

La pandilla fue a la sala de estar y preparó la película. Samantha preparó más palomitas en el microondas. Todos se reunieron alrededor para ver la película.

Alfred durmió un rato en su sitio habitual, pero soñaba sueños, sobre todo pesadillas, y al final salió al jardín a tomar el aire. Todo el mundo dependía de él, y la presión le pesaba, mientras el contenido del libro en miniatura se arremolinaba en su mente.

CAPÍTULO 20
MENSAJE DESDE FRANCIA

E-Z VIO LA PRIMERA mitad de la película con los demás, y luego, inquieto, decidió ponerse al día con el trabajo. Asomó la cabeza a su habitación, esperando encontrar a Alfred profundamente dormido, pero no estaba por ninguna parte. Preocupado, se dirigió a la puerta trasera y al asomarse vio al cisne profundamente dormido, estirado en una silla de jardín. Cerró la puerta, volvió a su habitación, abrió el portátil y se conectó.

Dio varias vueltas en su mente, decidiendo si podía concentrarse en escribir su novela, o si debía dedicar este tiempo a investigar más sobre sus enemigos Las Furias. El sonido de un mensaje que llegó a su bandeja de entrada le hizo tomar una decisión. Tenía una marca roja, que denotaba urgencia, y aunque no contenía archivos adjuntos, no hizo clic en él. En lugar de eso, lo leyó en vista previa. O intentó leerlo. El mensaje estaba completamente en otro idioma. Vio un par de palabras que reconoció como francesas, así que copió el texto, fue a un motor de búsqueda y pegó el siguiente mensaje en un traductor en línea:

Cher E-Z Dickens,

Je m'appelle François Dubois et j'ai sept ans. Vivo en París, Francia, y me gustaría formar parte de tu equipo de Superhéroes. Quizás quieras saber qué competencias aporto al equipo. Es una buena pregunta y me encantaría responderte. Pero me pregunto si este sitio es seguro.

Si quieres que hablemos más, envíame un correo electrónico directamente. Mi dirección de correo electrónico está adjunta. Me alegro de recibir tus noticias.

Votre ami,

François

Pulsó enviar y llegó la siguiente traducción:

Querido E-Z Dickens,

Me llamo François Dubois y tengo siete años. Vivo en París, Francia, y me gustaría formar parte de tu equipo de Superhéroes. Podrías preguntarme qué habilidades aportaría al equipo. Es una buena pregunta y estaré encantado de responderla. Pero me pregunto, ¿es seguro este sitio?

Si quieres hablar más conmigo, puedes enviarme un correo electrónico directamente. Adjunto mi dirección de correo electrónico. Espero tener noticias tuyas.

Tu amigo

François

Intrigado, releyó el mensaje varias veces, pensando en el momento en que lo había recibido. Se preguntó si estaría siendo paranoico al pensar que aquel chico venido de Francia podría estar conspirando con Las Furias. Aunque estuviera siendo demasiado precavido, tenía derecho a serlo y, como líder de su equipo, le correspondía asegurarse de que investigaciones como ésta eran legítimas. Necesitaría la ayuda del Tío Sam para comprobarlo, pero de momento, tantearía el terreno y vería qué le respondían.

Escribió un mensaje rápido sin traducirlo. El chico podría utilizar un buscador, igual que él, y encontrar un traductor y, tras releerlo varias veces, pulsó ENVIAR.

Querido François,

Gracias por tu mensaje. ¿Cómo has sabido de nosotros? Atentamente,

E-Z.

La respuesta de François fue tan rápida que E-Z sospechó aún más. Esta vez estaba en inglés:

Estimado E-Z,

Gracias por tu rápida respuesta.

Mi profesor ha visto tu página web, y hemos aprendido sobre ti y tu equipo como parte de nuestra clase de actualidad.

Espero tener noticias tuyas pronto.

Tu amigo,

François.

Desde luego sonaba legítimo. Tecleó otro mensaje, preguntando a François qué tipo de poderes de superhéroe tenía para ofrecer a su equipo, de modo que pudiera hablarlo con ellos. Momentos después, François le envió el siguiente mensaje:

Querido E-Z,

Gracias por darme la oportunidad de hablarte de mis habilidades de superhéroe.

En primer lugar, al igual que tú, no siempre he sido un superhéroe. Esto es algo que tenemos en común. Por eso pensé que encajaría bien en tu equipo.

En lugar de decírtelo, me gustaría mostrártelo. Te adjunto una invitación privada para ver nuestro canal de YouTube: mi padre me ayudó. El enlace sólo está disponible para ti y la invitación caducará en veinticuatro horas.

Espero tener noticias tuyas después de que lo hayas visto.

Tu amigo,

François.

Curioso y sin dudarlo, E-Z hizo clic en el enlace. Apareció un mensaje pidiéndole que respondiera a una pregunta que no tuvo ningún problema en contestar, ya que estaba relacionada con el béisbol.

Una vez dentro, hizo clic en el clip, subió el volumen e inmediatamente empezó.

La primera persona que vio fue un niño que se presentó como François Dubois, de siete años, a través del texto que le tradujeron en la parte inferior de la pantalla.

El niño era alto, muy alto. De hecho, estaba de pie junto a varias varas de medir. Su padre hizo zoom para mostrar que François, a los siete años, ya medía 163 centímetros. Aparte de su estatura, François tenía el aspecto de cualquier otro niño de siete años, con el pelo castaño rojizo, un grueso par de gafas con montura oscura en la nariz, una camisa de cuadros, vaqueros azules y zapatillas negras.

"¡Bonjour E-Z!" dijo François, esbozando una sonrisa que revelaba que le faltaban los dos dientes delanteros.

E-Z le devolvió la sonrisa, y luego observó cómo François y su padre discutían un asunto en francés sin traducción. Su discusión parecía acalorada, a juzgar por los gestos de sus manos y sus expresiones faciales. Esperaba que François no fuera a intentar algo peligroso.

E-Z observó cómo François seguía caminando hacia el monumento más conocido de París: la Torre Eiffel. Un cartel en el exterior indicaba que el precio de la entrada para los que tuvieran entre 12 y 24 años era de 5 euros. François cerró los ojos y volvió a abrirlos. Un momento. Algo había cambiado, tal vez fuera la iluminación.

Siguió observando mientras François se colocaba junto a otro cartel que decía

Feria Mundial de París, 15 de mayo de 1889.

"¡WHOA!" exclamó E-Z, intentando comprender lo que acababa de presenciar. ¿Un viaje en el tiempo?

François cerró los ojos y volvió a estar junto al cartel original 12-24 años 5 euros.

La cámara se volvió borrosa. En la parte inferior de la pantalla aparecieron las palabras: "Un momento, por favor".

Con un clic, la cámara empezó a rodar de nuevo, pero esta vez, François estaba junto a la catedral de Notre-Dame de París. Desde el gran incendio de 2019, estaba siendo reconstruida y los andamios y las grúas trabajaban afanosamente.

Como antes, François cerró los ojos y luego los volvió a abrir.

"¡No puede ser!" exclamó E-Z.

François estaba en 1163, el mismo día en que se colocó la primera piedra de la gran catedral de Notre Dame.

E-Z hizo una pausa. ¿Podría ser falso? Claro que podía. Con la tecnología actual cualquiera podría falsificar cualquier cosa. Sin embargo, algo en su interior le decía que era legítimo. Pero necesitaba una segunda opinión. Necesitaba al Tío Sam.

Mirando a Francois en pausa en la pantalla, E-Z pulsó empezar. Francois saludó con la mano cuando terminó el clip.

E-Z hizo clic y volvió a su bandeja de entrada. Pulsó responder y escribió el siguiente correo electrónico a Francois:

Querido François,

Gracias por dejarme ver tu superpoder. Necesito hablar con el equipo. Si decidimos aceptarte, ¿cuándo podrás unirte a nosotros?

Tu amigo

E-Z

Esperó un segundo y releyó su mensaje antes de pulsar enviar. Se planteó cambiar SI por CUÁNDO. Indeciso, consideró el superpoder de François de viajar en el tiempo. El chico sería una incorporación increíble al equipo.

Aun así, tuvo que pedir una segunda opinión. Antes de seguir pensándolo. Envió un mensaje a Sam: "¿Tienes un segundo?".

Un nuevo correo electrónico apareció en su buzón con las palabras

HI E-Z,

Si me aceptas en el equipo, ¿puedes venir a buscarme?

Tu amigo,

François.

Tuvo que pensárselo un poco.

Me contestó:

Me pondré en contacto contigo lo antes posible.

Tu amigo,

E-Z.

Sam entró en la cocina: "¿Qué pasa, pequeña?".

"Siento apartarte de la película".

"De todas formas estaba dando cabezadas, así que me alegro de la distracción".

"He recibido un correo electrónico a través de nuestra página web de un chico de Francia que ha pedido unirse a nuestro equipo. Él y su padre hicieron un clip, ya lo he visto. Tiene unas habilidades impresionantes. Échale un vistazo y dime qué te parece".

Sam permaneció callado durante todo el vídeo. Cuando terminó, pidió verlo otra vez.

Cuando terminó por segunda vez, E-Z preguntó: "¿Qué te parece?".

"Creo que lo que vemos es impresionante. Un niño francés que viaja en el tiempo".

"Nos vendría muy bien un superpoder así en nuestro equipo".

"Exacto", dijo Sam. "Y por eso sospecho de él. ¿Has mantenido correspondencia con el chico?"

E-Z repasó lo que se había dicho hasta entonces.

"¿Cómo sabe que no has tenido superpoderes toda tu vida?", preguntó.

"Sí, eso es lo que yo también pensaba. Pero creo que es una suposición razonable. Es un chico listo".

"Cierto", dijo Sam. "¿Te importa si pincho a ver qué encuentro?".

E-Z asintió, y Sam tomó el control de su portátil. Comprobó la dirección IP, que parecía legítima. No tuvo problemas para localizarla en París.

Buscó el nombre de François, averiguó a qué colegio asistía. Averiguó que jugaba al baloncesto. Descubrió que era hábil con la ortografía. No parecía meterse en problemas.

Entonces Sam encontró una esquela mortuoria de la madre de François, que había muerto cuando él tenía cinco años. No se especificaba la causa de la muerte, pero se pedía que se hicieran donativos a la Fundación del Cáncer de Mama de París.

"Todo parecía legítimo", dijo Sam.

"Aun así, ¿cómo podemos estar seguros? No quiero correr riesgos innecesarios".

"La única forma de saberlo con certeza sería entrevistar al chico en persona". Dudó: "Hm, ha preguntado cuándo puedes venir a recogerlo. Ahora que lo pienso, es una idea bastante extraña para que la sugiera un niño que viaja en el tiempo".

"Sí, no lo había pensado así".

"Una cosa es segura E-Z, si alguien va a ir a por él, seré yo. Te necesitamos aquí".

"Agradezco la oferta, tío Sam, pero poner tu vida en peligro no es una opción".

"De acuerdo", dijo Sam. "¿Sabes algo de Alfred?".

En el momento justo, Alfred entró en la cocina. "¿QUÉ?", preguntó.

ZAP

Llegó un pequeño gatito blanco y esponjoso.

"Bonjour E-Z, je m'appelle Poppet. Francois m'envoie".

"Oh, vaya", fue todo lo que dijo E-Z.

Inmediatamente sonó un correo electrónico de François que decía:

"¿Llegó bien?"

El tío Sam dijo: "Bueno, eso responde a nuestra pregunta".

E-Z tecleó: "Sí, está aquí".

ZAP

Poppet desapareció.

"Esto es genial", tecleó François. "Cuando estés listo, si me quieres en tu equipo, lo probaré yo mismo".

"Agárrate fuerte por ahora", dijo E-Z.

"¿Cómo sabía Poppet dónde vivíamos?" preguntó Sam.

"Eso no lo sé".

CAPÍTULO 21

DECISIÓN SOBRE FRANCOIS

AL DÍA SIGUIENTE, E-Z convocó una reunión de grupo urgente. Una vez que todos estuvieron sentados, entró directamente en materia.

"Un posible nuevo miembro ha solicitado unirse a nuestro equipo. Sam y yo hemos investigado su solicitud y todo parece legítimo".

"Secundo esa opinión", dijo Sam.

E-Z asintió: "François es un viajero del tiempo".

"¡Vaya!" dijo Lia.

"¡Genial!" dijo Lachie.

Los demás hicieron comentarios similares, a excepción de Charles, que preguntó: "¿Qué es un viajero del tiempo?".

"¡Tú lo eres!" dijo Brandy.

"Es alguien que viaja de un tiempo a otro", dijo Lia.

"Quizá si echas un vistazo a este clip, lo entenderás mejor, todos entenderemos mejor lo que puede hacer". Miró a Alfred: "Pero, antes de hablar de François, me gustaría ceder la palabra a Alfred, para que nos ponga al corriente de lo que ha descubierto en el libro. Te cedo la palabra, Alfred".

El cisne trompetista carraspeó, mientras todos los ojos se volvían hacia él.

"Lo he repasado todo, por delante, por detrás y por los lados, y me temo que no es de mucha ayuda. Puesto que Las Furias recibieron un mandato específico, y lo están cumpliendo (aunque se salten las normas), ni siquiera creo que Zeus pueda castigarlas por lo que están haciendo."

"¿Estás diciendo que es inútil?" preguntó Brandy.

"No, no digo que no tenga remedio, pero no veo ninguna salida. A menos que no sepan lo mismo que nosotros".

"¿Y qué es? preguntó Brandy.

"El plan de Eriel. Cómo los utilizaba. Dónde está Eriel. Cómo está incomunicado".

"Cierto, deben de estar preguntándose por qué no se comunica con ellos", dijo Lachie.

"Y eso podría crear desconfianza", añadió Brandy.

"¿Y si", dijo Sam, "se les filtrara esa información?" "Estaba pensando lo mismo", dijo Samantha. "Quizá sin él, se volverían atrás y huirían".

"Pero podría ocurrir lo contrario. Sin él, podrían mantenerlos a raya. Quién sabe lo que harían". dijo E-Z.

"Ya han recogido muchas almas", dijo Lia. "Creo que E-Z tiene razón. Saber que está fuera de juego podría hacerles más audaces".

Alfred se dio cuenta de que la conversación chocaba contra un muro: "Hablemos de las habilidades de superpoder de François. Es un viajero en el tiempo. ¿Cómo podría ayudarnos?"

"Una cosa más", empezó E-Z, "y es el Tío Sam quien se ha dado cuenta de esto, así que quizá sea la persona más indicada para explicarlo".

"No, adelante tú", dijo Sam.

"François envió un gatito aquí".

"¿Un gatito?" preguntó Sobo.

"Sí. Se llamaba Poppet y llegó a la cocina. Enseguida recibí un mensaje de François preguntándome si había llegado bien. Me dijo hola y sí, podía hablar. Al confirmar que había llegado bien, volvió a salir. La pregunta que Sam se hizo después fue: ¿cómo sabía dónde vivíamos?".

"Un momento", dijo Charles. "¿No me ha dicho alguien que vuestra dirección estaba publicada en Internet?".

"Yo también lo he oído", dijo Brandy.

Sam dijo: "Vaya, parece que fue hace siglos, pero es verdad".

Se reunieron alrededor de Sam y vieron su casa en Internet, conectada a la página web para que la viera todo el mundo.

"Bueno, no cabe duda. Si saben quiénes somos, entonces también saben dónde estamos", dijo Sam. "A menos que..."

"¿A menos que qué?" preguntó E-Z.

"A menos que no sean tan expertos en tecnología como creemos".

Sobo dijo: "Nunca subestimes a un enemigo. Así es como los villanos indignos se convierten en héroes".

"Vale, primero veamos a François viajar en el tiempo y luego hagamos una lluvia de ideas sobre cómo podría ayudarnos a derrotar a Las Furias", dijo E-Z.

Vieron el vídeo en silencio. Cuando terminó, E-Z dijo: "Voy a escribir la lista. ¿Quién quiere empezar?"

"No", dijo Sam. "Creo que deberíamos escribirla a la antigua usanza. Ya sabes, con papel y bolígrafo". Metió la mano en el cajón de la cocina y sacó un bloc de notas que utilizaban para las listas de la compra, y un bolígrafo. "Tú sigue con la lluvia de ideas, yo haré de secretaria. Y ni siquiera tienes que pagarme un sueldo".

Se oyeron algunas risas y carcajadas, y entonces empezaron a fluir las ideas:

#1. François podría retroceder en el tiempo, averiguar qué les pasó a PJ y Arden y detenerlo.

#2. François podría retroceder en el tiempo e impedir que mataran a todos los niños.

#3. Francois podría retroceder en el tiempo e impedir que mataran a los padres de E-Z, impedir que ocurriera su accidente.

#4. Idem con el accidente de Lia.

#5. Idem con el accidente de la familia de Alfred.

#6. Ídem: Lachlan encerrado en una jaula.

Interludio.

Haruto era feliz con su nueva familia. Fin de la historia.

A Brandy le pareció bien poder morir y volver a la vida, aunque preguntó si volver al día de la audición era una opción viable. Esta petición fue denegada por unanimidad.

Charles tampoco se arrepintió.

Se reanudó la sesión de lluvia de ideas:

#7. François podría retroceder a la época anterior a la creación de Las Furias para asegurarse de que tuvieran un Talón de Aquiles.

#8. François podría retroceder en el tiempo, hasta el primer día en que Eriel se reunió con Las Furias. Podría ser un espía. ¿O podría asegurarse de que nunca se conocieran?

#9. Si Poppet podía entrar y salir, ¿podría François hacer lo mismo?

Alfred dijo: "Un momento. Esto es una completa locura, pero ¿y si François volviera atrás y anulara La existencia de Las Furias?".

"¡Vaya, es una idea excelente!" dijo E-Z. "Pero en todas las historias que he leído sobre viajes en el tiempo, jugar con las vidas y cambiar los acontecimientos siempre está mal visto".

"Sí, recuerdo eso de Regreso al futuro. Pero por experiencia personal", explicó Brandy, "cuando muero y vuelvo, es como si los acontecimientos que condujeron a mi muerte nunca hubieran ocurrido. Es como un sueño, ¿me entiendes?".

"Sam se estiró y bostezó. "Los bebés se despertarán pronto. No quiero sobrepasar los límites de liderazgo de E-Z, pero creo que debemos dedicar algún tiempo a pensar antes de emprender ninguna acción".

"De acuerdo. Gracias a todos por una excelente sesión de lluvia de ideas", dijo E-Z.

Y se levantó la sesión.

CAPÍTULO 22
LECHE CALIENTE

LIA Y LOS DEMÁS pasaron el día haciendo sus cosas. Por la noche, agotada, daba vueltas en la cama sin poder dormir. Frustrada tras horas sin dormir y preocupándose constantemente, bajó a tomar un poco de leche caliente.

Metió una taza en el microondas, marcó 40 segundos y pulsó start. Mientras el reloj hacía la cuenta atrás, observó los números 39, 38, 37, 36, etc., hasta que apareció el número 33. Fue el último número que vio. Fue el último número que vio.

"Hola, Little Dorrit", dijo, deseando haberse puesto la bata. "¿Adónde vamos?"

"Tenemos una misión", dijo el unicornio. "¿Adónde vamos?"

"¿No sabes a quién?"

"No. Estaba ocupándome de mis asuntos cuando me llamaste, Lia, ¿no te acuerdas?

"Yo no te he llamado", dijo Lia. "Aún no me he ido a dormir. Esto es extraño".

El unicornio se congeló en el aire.

WHOOSH

La pequeña Dorrit despegó a toda velocidad.

"¡Argghh!" gritó Lia, aferrándose a la vida. "¿Qué está pasando? ¿Por qué vas tan rápido?"

"No lo sé", dijo el unicornio. "Es como si alguien o algo hubiera tomado el control de mí". Intentó detenerse, como había hecho momentos antes. Ahora, hiciera lo que hiciera, no podía detenerse. Tampoco podía ir más despacio.

"¡Agárrate fuerte!" gritó Little Dorrit, mientras su cuerpo empezaba a rodar hacia delante de cabeza. "¡Oh, no!"

gritó Lia, pero se agarró con todas sus fuerzas. Finalmente dejaron de rodar, pero en lugar de frenar aceleraron aún más.

Siguieron volando mientras la noche se convertía en día. A medida que el sol subía por el cielo, la distancia entre él y ellos se reducía.

"¡Siento que me quema la piel!" exclamó Lia.

"También mi pelaje", dijo Little Dorrit. "Deja que intente darnos la vuelta otra vez". Lo intentó y, como antes, rodaron cabeza con cabeza, cerrando la brecha que las separaba del ardiente sol.

"¡Tenemos que volver!" gritó Lia. "Si no lo hacemos, estamos perdidos".

"Pero parece que no puedo parar. Parece que no puedo hacer nada. Espera, pediré ayuda a Baby".

Con el sol llameante como telón de fondo, aparecieron tres criaturas aladas. Iban cogidas de la mano, mientras sus túnicas ennegrecidas se arremolinaban y retorcían alrededor de sus cuerpos.

¡SNAP!

¡SNAP!

¡SNAP!

fue el sonido que llenó el aire, el de un látigo chasqueando mientras Lia y la Pequeña Dorrit eran arrastradas hacia él como si estuvieran en un rayo tractor. Rodaron truenos, aunque no se veía ninguna tormenta mientras las garras del sol se extendían hacia ellas, amenazando con desintegrar su propia existencia.

"¡Estamos acabados!" dijo Lia. "Gracias por intentar salvarnos". Abrazó al unicornio. "Ojalá tuvieras riendas. Entonces quizá podría darte la vuelta".

¡ZAP!

Aparecieron las riendas.

Lia las envolvió con sus manos, pero antes de que pudiera tomar el control de ellas, se fundieron en la nada.

"Tienes razón, creo que estamos acabados", dijo la Pequeña Dorrit. De sus ojos brotaron lágrimas de cristal.

BONJOUR

Apareció François: "¿Puedo ser de ayuda?".

"Claro que sí", exclamó Lia. "¡Sácanos de aquí!".

"Cierra los ojos y agárrate fuerte", dijo François.

Lia y Little Dorrit temblaban de miedo.

DING. DING. DING.

El microondas. La cocina.

Lia se tiró al suelo.

Little Dorrit aterrizó a salvo en un arroyo fresco, donde chapoteó, y luego se dirigió a casa.

"¿Dónde has estado?" preguntó Baby.

"Supongo que no recibiste mi mensaje. No te preocupes. Estoy demasiado cansada", dijo Little Dorrit. "Te lo contaré por la mañana".

CAPÍTULO 23
DÍA SIGUIENTE

LE TOCABA A SOBO preparar el desayuno, y fue ella quien encontró a Lia, en el suelo enrollada como un ovillo de lana.

Sobo lanzó un grito: "¡Venid rápido! Nuestra Lia necesita ayuda".

Samantha fue la primera en llegar. Apretó inmediatamente los labios contra la frente de Lia para comprobar su temperatura, y luego gritó a su marido que trajera un termómetro para volver a comprobarlo.

"Su temperatura es de 107,7", confirmó Sam. "Tenemos que llevarla al hospital".

Samantha llamó al 911 mientras Sam levantaba a Lia, la cargaba y la colocaba en el sofá y esperaban a la ambulancia.

"Yo vigilaré el fuerte", dijo Sam, mientras su mujer y Sobo seguían a los paramédicos que llevaban a Lia inconsciente en una camilla.

Cuando la ambulancia se alejó del bordillo con la sirena a todo volumen, Lia abrió los ojos e intentó incorporarse.

"Me encuentro bien", dijo.

El paramédico volvió a tomarle la temperatura y era normal. Se encogió de hombros.

Cuando llegaron al hospital, Lia ya era la de antes y quería volver a casa... ya.

"Aunque sus constantes vitales están bien ahora, ya que nos has llamado, tenemos que seguir adelante. Lia será ingresada y, cuando el médico de guardia le dé el visto bueno, podrá irse a casa."

"Bueno, al menos déjame entrar", dijo la asistente, mientras el conductor abría las puertas.

"No, señorita, no te muevas", dijo, mientras se preparaban para llevar la camilla y a su ocupante al interior, con Samantha y Sobo siguiéndoles.

Samantha envió un mensaje de texto a Sam para ponerla al día. Él respondió con un emoji de pulgar hacia arriba, justo cuando ella prácticamente se cruzó con los padres de PJ y Arden, que estaban a punto de salir.

"¡Están despiertos! Nuestros chicos están despiertos!"

"¿Los dos?" exclamó Samantha, mientras transmitía esta última información a Sam, que, despertó a su sobrino para darle la buena noticia.

"¡Ya voy!" dijo E-Z después de llamar a un taxi.

CAPÍTULO 24

HOSPITAL

E-Z SE DIRIGÍA A ver a sus dos mejores amigos. En el taxi, su mente repetía una y otra vez la buena noticia. Habían pasado tantas cosas. Tantas cosas que se habían perdido. Tantas cosas que tenía que contarles. Que quería contarles.

"¿Sabes en qué habitación?", le preguntó la enfermera.

Le dijo que no, y ella se la buscó rápidamente. Después de darle las gracias, cogió el ascensor y se dirigió a su habitación preguntándose si debía comprarles algo. ¿Flores? Caramelos. Decidió preguntarles si necesitaban algo.

Al llegar frente a su puerta, pudo oír sus voces y se quedó mirando unos instantes, antes de hacer acto de presencia. Luego respiró hondo, intentando evitar que sus emociones le dominaran, no quería ponerse sentimental y avergonzarse a sí mismo...

"¡Entra, blandengue!" dijo PJ.

"¡Ahhhh, nos ha echado de menos!" dijo Arden.

"¿No deberíais estar más guapos después de tanto sueño reparador? Por cierto, los dos necesitáis afeitaros".

"No queremos eclipsarte y me encanta el tacto de mi bigote", dijo Arden.

"¡Sabemos que te encanta llamar la atención! Veo que a tu cepillo para botellas también le vendría bien un recorte".

La madre de PJ, que acababa de volver a la habitación, susurró a E-Z que no querían que los chicos se pasaran, ya que sólo llevaban despiertos unas horas.

Tras charlar un rato, E-Z abrazó a sus dos amigos y les dijo que tenía que irse. "Volveré", prometió, "y me comeré a escondidas una hamburguesa o dos; he oído que la comida del hospital es muy muy mala".

"¡No lo harás!" dijo la madre de Arden al volver también a la habitación.

Hizo retroceder su silla, con la madre de Arden frente a él, sus dos amigos juntaron las manos, rogándole que por favor les llevara comida.

Mientras avanzaba por el pasillo, no podía creer cuánto las había echado de menos... y qué buen aspecto tenían. Bajó en ascensor hasta Emergencias, donde encontró a Samantha y Sobo.

"¿Alguna novedad? preguntó E-Z.

"Estaba bien furiosa porque la hacían quedarse para examinarla", dijo Samantha. "Pero me sentiré mejor cuando le den el alta y podamos salir de aquí".

"Yo también", dijo E-Z. "Déjame ir a echar un vistazo". Avanzó por el pasillo. Escuchó mientras avanzaba las voces que se oían en el interior de una zona con cortinas, que consideró que eran los puestos de preadmisión. Finalmente, oyó la voz de Lia dentro y entró.

"Por favor, espere fuera", le dijo la enfermera.

"Pero si es mi hermana".

"Quiero irme a casa... ¡ahora!", exigió, y luego cruzó los brazos sobre el pecho.

"Te darán el alta en cuanto el médico diga que puedes irte. Y ni un momento antes".

"¿Cómo estás? Mamá está preocupada por ti".

"Os dejaré a solas para que charléis", dijo la enfermera. "El médico llegará muy pronto. Ah, y asegúrate de que permanezca tranquila".

"Eh, gracias", dijo E-Z.

Una vez se hubo ido, se abrazaron.

"¡La pequeña Dorrit y yo casi nos quemamos con el sol!", dijo ella. Se lo contó todo a E-Z, tal y como había sucedido, de principio a fin.

"Es interesante que fuera François quien te rescatara".

"No sé cómo lo supo. La pequeña Dorrit y yo pensábamos que estábamos perdidas. Sin duda fueron Las Furias. Querían quemarnos. Nos estaban chamuscando. Son unas brujas horribles y malvadas".

"¿Había serpientes?" preguntó E-Z

"Serpientes y látigos".

"Suena muy bien a Las Furias". E-Z dudó. Cambió de tema. "¿Has oído hablar de PJ y Arden?".

Ella sacudió la cabeza.

"¡Se han despertado!"

"¡No puede ser! Es una extraña coincidencia, ¿no crees? Intentan acabar con Little Dorrit y conmigo, y mientras tanto nuestros dos amigos comatosos se despiertan".

"Tienes razón, creo que todo está relacionado".

Samantha apartó la cortina: "¿Qué está todo conectado?". Abrazó a su hija. "¿Cómo te sientes ahora, cariño?"

"No soy un bebé", dijo Lia. "Pero me siento mejor y quiero irme a casa. Después de visitar a PJ y Arden".

Sobo entró. Abrazó a Lia.

"¿Qué te ha pasado?", preguntó.

De nuevo, Lia se lo explicó todo. Su madre no se lo tomó tan bien como Sobo. E-Z se apresuró a servirle a Sam un vaso de agua. Mientras, Sobo tenía muchas preguntas. "¿Estabas calentando leche, en el microondas?".

Lia asintió.

"¿Y fue entonces cuando saliste disparada de la cocina?

"Sí, y directamente a la espalda de Little Dorrit. Little Dorrit dijo que la había invocado, pero no fue así".

"¿Y entonces qué pasó?" preguntó Sobo.

"Bueno, Little Dorrit estaba volando y estábamos charlando y, como ninguno de los dos sabía adónde íbamos ni por qué, pensamos en dar media vuelta. Lo siguiente que supimos es que Little Dorrit y yo estábamos siendo forzados a acercarnos más y más al sol sin poder dar la vuelta".

"Pero tú y Little Dorrit no cumplís los criterios de Las Furias. No deberían poder tocaros a ninguna de las dos!" exclamó E-Z.

Samantha dijo: "Quizá sólo sea una coincidencia.

Sobo repitió su consejo de antes: "Nunca subestimes a un enemigo".

Cuando Lia tuvo permiso para irse a casa, ella y E-Z sorprendieron a PJ y Arden con hamburguesas con queso y patatas fritas que habían metido de contrabando.

De camino a casa en el taxi, con Samantha, Sobo y Lia, E-Z pensaba en una cosa y sólo en una cosa. Las Furias habían atacado a Lia y a la Pequeña Dorrit y habían fracasado. No sólo habían fracasado -gracias a François-, sino que, de algún modo, el universo había devuelto a PJ y a Arden.

¿Coincidencia? Pensó que no. En cambio, lo que quería creer era que los poderes de Las Furias disminuían si se aventuraban fuera de su mandato.

En cualquier caso, él y su equipo debían estar preparados en cualquier momento para aprovechar la situación.

Ésta podría ser su única oportunidad.

La única ventaja a su favor.

CAPÍTULO 25
ABUELA

"**T**ENGO QUE HACER UNA pregunta más", preguntó Sam a E-Z antes de que entraran todos a la reunión.

"Vale, pregunta", dijo E-Z.

"Me preguntaba por qué Rosalie no sabía nada de François".

"Yo", fue lo más lejos que llegó E-Z antes de que Brandy y Lia entraran en la cocina.

"No nos hagas caso", dijo Brandy, mientras procedía a abrir el frigorífico, sacar el zumo de naranja y acabárselo antes de tirar el recipiente a la papelera de reciclaje.

"Eh, deberías enjuagar eso primero", dijo E-Z, cosa que Brandy hizo. Luego se dejó caer en una silla y se limpió la boca con el dorso de la mano.

"Lo siento, no pretendía ser grosera, ya sabes parando bruscamente como lo hice. Quería que estuviéramos todos aquí para hablar de las preocupaciones del tío Sam".

"Me parece justo", dijo Lia, tomando asiento junto a Brandy.

Uno a uno fueron llegando los demás y ocuparon sus lugares alrededor de la mesa.

E-Z empezó poniendo a todos al día sobre la milagrosa recuperación de PJ y Arden, lo que fue seguido de una salva de aplausos por parte de todos, incluidos los que aún no los conocían.

"A continuación, en el orden del día, y creo que estos dos puntos pueden estar relacionados, Lia y la pequeña Dorrit fueron engañadas para que abandonaran la casa y sus vidas corrieron peligro. Si no hubiera sido por François, Las Furias que consideramos responsables podrían haber triunfado".

"¡Bravo, François!" dijo Charles.

"¿Cómo te engañaron?" inquirió Brandy.

"¿Dónde ocurrió?" preguntó Lachie.

"Lia, ¿quieres contarlo?" preguntó E-Z. Ella negó con la cabeza. "Intervén si se me escapa algo", dijo. Siguió adelante y explicó lo ocurrido y por qué pensaban que Las Furias eran las responsables.

"Desde entonces, he estado pensando en Las Furias y en su mandato. Como sabemos, deben cumplirlo. Cuando intentaron matar a Lia y a la Pequeña Dorrit, infringieron las normas. ¿Qué razón podían dar para intentar matar a Lia o a Little Dorrit? No sólo fueron contra su mandato, sino que fracasaron. Ahora considera lo que ocurrió exactamente al mismo tiempo, es decir, por supuesto, PJ y Arden salieron de sus comas. ¿Coincidencia? Yo creo que no.

"Y cuanto más los relaciono en mi mente, más me pregunto si Las Furias podrían estar debilitándose. Si estoy en lo cierto, puede que ahora sea el momento de acabar con ellas".

"Es posible", dijo Alfred, "pero recuerdo haber leído algo sobre Einstein en mi época escolar, lo que podría demostrar lo contrario. Podría no haber sido Las Furias en absoluto. Podría haber sido una perturbación del continuo espacio-tiempo. Puesto que François pudo salvarlos y ninguno de nosotros sabía que estaba ocurriendo, parece una posibilidad que merece la pena investigar, ¿no crees?".

Sam se paseó. "Teniendo en cuenta todo lo que sabemos sobre Las Furias, y lo que recuerdo de mis estudios sobre Einstein, para tener siquiera una oportunidad de torcer el continuo espacio-tiempo, Lia y la Pequeña Dorrit tendrían que haber viajado más rápido que la luz: 186.282 millas por segundo. Si fueras tan rápido, retrocederías en el tiempo, no avanzarías".

"Viajábamos rápido, pero no tanto", dijo Lia.

"Cuéntanos otra vez lo que pasó, Lia. Fotograma a fotograma. Hasta el momento en que apareció François", dijo Alfred.

El relato de Lia empezó en la cocina y acabó con ella en el hospital.

Levantando la mano, todos votaron que creían que Las Furias eran las responsables, pero nadie pudo explicar por qué Francois lo sabía ni cómo lo habían llamado.

"¿Le llamasteis?" preguntó E-Z. "Es decir, ¿cómo lo sabía? Es algo que pienso preguntarle".

"Lo que me devuelve al punto de partida", dijo Sam. "Y mi pregunta es: ¿por qué Rosalie no sabía lo de François?".

"¿Y cómo está Little Dorrit?" preguntó Sobo.

"No sé nada de François, pero el unicornio estaba durmiendo cuando salí esta mañana a por un poco de hierba".

"Ah, eso está bien", dijo Lia.

"¿Quizá los médicos tengan una explicación de por qué PJ y Arden se despertaron cuando lo hicieron?". preguntó Sam.

"Es cierto, puede que la tengan, pero no veo qué importancia tiene para nosotros. La verdad es que no. Lo principal es que están despiertos y aún no sabemos si Las Furias fueron responsables de ellos. Sin embargo, tenemos pruebas de lo que han estado haciendo a otros niños y, de un modo u otro, tenemos que hacerles pagar. Y tenemos que hacer que se detengan".

"¿Quizá los médicos tengan una explicación de por qué PJ y Arden se despertaron cuando lo hicieron?". preguntó Sam.

"Es cierto, puede que la tengan, pero no veo qué importancia tiene para nosotros. La verdad es que no. Lo principal es que están despiertos y aún no sabemos si Las Furias fueron responsables de ellos. Sin embargo, tenemos pruebas de lo que han estado haciendo a otros niños y, de un modo u otro, tenemos que hacerles pagar. Y tenemos que hacer que se detengan".

"¡Toma! Aquí!" dijo Charles, golpeando la mesa con la mano.

"¿Podemos hablar un poco más de François?", preguntó Brandy.

"¿Y si no quiere decirnos nada", preguntó Charles, "a menos que lo aceptemos como miembro del equipo?".

"Charles tiene razón", dijo E-Z. "Estoy dispuesto a utilizar esto como una prueba con François. Si no nos dice lo que sabe, quizá no esté hecho para ser uno de nosotros".

"¿Y si miente muy bien?", preguntó Brandy. preguntó Brandy. "Y algunas personas son excelentes mentirosas".

Lia dijo: "¿Por qué no hacemos una llamada Zoom? Podemos charlar todos con él, ver de qué va y luego podemos votar? Yo ya estoy preparada para votar que sí".

"No", dijo E-Z. "No quiero que sepa nada de Charles, Haruto, Lachie o Brandy. Todo lo que sabe ahora mismo es lo que puede encontrar en Internet".

"Y sin embargo", intervino Sam, "Poppet fue capaz de entrar en nuestra casa".

"Sí, ahí está eso", dijo E-Z.

"Además, nos salvó a Little Dorrit y a mí, así que sabe de ella".

"Tengo la sensación de que estamos dando vueltas en círculos", dijo Alfred. "Mientras tanto, mueren más niños y entran en los Cazadores de Almas que pertenecen a otros que han muerto", dijo Alfred. "Esperaba tanto que estuviéramos más avanzados, después de descifrar la información del libro".

"Un momento", dijo E-Z. "¿Alguien ha visto hoy a Hadz y a Reiki?".

Nadie los había visto.

El teléfono de E-Z zumbó. Llegó un largo mensaje de texto de PJ y Arden:

"No nos preguntes cómo, pero sabemos que Las Furias vienen hacia ti. Y sí, tenemos un plan. Necesitamos saberlo en cuanto las veas. Envíanos un mensaje... y a Haruto".

respondió E-Z. "Qué????"

"Confía en nosotros", envió PJ.

Ambos intercambiaron emojis de pulgar hacia arriba, y luego explicó la situación a Haruto y a los demás.

Saber que Las Furias estaban preparadas para iniciar la lucha ahora, en territorio enemigo y sin su líder Eriel hizo que E-Z se sintiera ansiosa. Sin embargo, habían perdido el factor sorpresa gracias a PJ y Arden.

Seguir sentados y esperar a que llegaran no era la mejor de las estrategias.

Pero ahora tenían ventaja. Todo lo que tenían que hacer era sentarse y esperar... y esperar.

CAPÍTULO 26

VISITANTES INESPERADOS

TODOS SE DEDICARON A sus asuntos, intentando mantenerse ocupados mientras esperaban. Entonces, a través de las paredes de ladrillo, irrumpió un hedor insoportable.

"¿Qué es?" gritó Lia, tapándose la nariz con los dedos. "¡Todavía puedo olerlo!"

Brandy hacía lo mismo con la derecha y, con la izquierda, rociaba ambientador por la habitación, lo que en lugar de disminuir la fuerza del hedor parecía espesar el aire y potenciarlo.

"¡Vamos fuera!" dijo Lachie. "¿Quizá se está mejor ahí fuera?". Abrió la puerta de par en par, aunque la lógica le decía que si el olor era malo dentro tenía que ser peor fuera. Al principio, sus sentidos se engañaron y no olió nada. ¿Se estaba acostumbrando? ¿Las Furias estaban bombardeando el interior de la casa?

Entonces vio a Little Dorrit y a Baby, volando en círculos. "¡Aquí arriba no se está mejor!" dijo Baby.

"¡No importa cómo vayamos!" añadió Little Dorrit.

Entonces le golpeó de nuevo, el hedor como una bofetada en la cara y por un momento perdió el equilibrio. Divisó el tendedero y las pinzas, y corrió hacia ellas. Se tapó la nariz con una de ellas y, voilá, ya no olía nada. Hizo señas a Little Dorrit y Baby para que bajaran y, cuando lo hicieron, les aplicó las pinzas necesarias (sus narices necesitaban varias) hasta que también ellas dejaron de oler el maloliente olor.

"Gracias", dijeron Little Dorrit y Baby, mientras se levantaban del suelo. "Vigilaremos".

Lachie les hizo un gesto con el pulgar hacia arriba, y entonces se dio cuenta de que había un poco de jaleo por el sendero hacia la valla que había en el jardín. Un grupo de criaturas formaba un círculo, como si estuvieran celebrando una reunión. Se dirigió hacia él, mientras un búho se levantaba de una rama y se posaba en su hombro.

"Eh, hola", dijo, mirando al búho a los ojos. "¿Nos conocemos?" El búho asintió y entonces reconoció de quién se trataba. Era Sobo. "¡Cuando dijiste que tu superpoder era la transformación, no pensé en ti así!".

"Haruto no lo sabe", dijo ella. "Al menos, no creo que se acuerde de mí... todavía". Voló de nuevo hacia el grupo de criaturas: "Ven con nosotros", dijo.

Lachie caminó entre ellas, siendo presentado uno a uno a un ciervo llamado Oboe, un mapache llamado

Charlie, un zorro llamado Louise, un pájaro (Blue Jay) llamado Lenny y un segundo pájaro (Cardenal) llamado Percy.

"Hemos venido, para ayudar", dijo el ciervo Oboe, "pero tenemos mucho miedo de Las Furias".

"¡Déjenmelas!" exclamó Charlie, el mapache. "Les arrancaré los ojos".

"¡Y yo les arrancaré la garganta!" gritó el zorro Piojo.

"¡Vaya! Espera un momento!" dijo Lachie. "Ésta no es tu lucha. Aunque aprecio tu oficio de ayudar, ¿por qué no nos das una oportunidad primero? Si necesitamos tu ayuda, silbaré y entonces podrás entrar".

"Tiene razón", dijo Sobo. "Aunque no se refiere a mí". Miró a Lachie, para asegurarse de que sus suposiciones eran correctas, y respondió asintiendo con la cabeza. "Necesito proteger a mi nieto y a los demás".

Lenny y Percy, los otros dos pájaros, gorjearon entre ellos.

Sobo, que había estado tranquilo, empezó ahora a aletear de la forma más errática repitiendo: "¡Se acercan cosas malas! ¡Vienen cosas terribles! Vienen cosas terribles!"

"Shhh, Sobo", dijo Lachie, intentando calmarla. "Estamos preparados y ellos no saben que sabemos que vienen".

THUMP THUMP THUMP

THUMP THUMP THUMP THUMPING

THUMP THUMP THUMP THUMPING

era el sonido que hacía el suelo bajo sus pies, palpitante como un corazón que intenta salirse de un pecho.

Al golpeteo siguió el tamborileo.

Luego, un retumbar.

"¡Vienen las Furias!

¡Llegan las Furias!

Llegan las Furias!"

Mientras el cielo sobre ellos se agitaba

Y giraba.

Y ardía.

De un azul brillante a un rojo anaranjado sangriento.

Los vecinos salieron al exterior, como hacen los vecinos, para ver a qué se debía aquel olor pestilente. Algunos aparcadores ruidosos se desmayaron cuando sus sentidos se vieron abrumados y otros sacaron palomitas al porche para comer y mirar.

No tenían ni idea del peligro que se les venía encima.

Y, sin embargo, había pistas.

Los susurros estremecedores.

El retumbar de los golpes.

Aun así, muchos no se refugiaron en la seguridad de sus casas.

En lugar de eso, comieron palomitas y bebieron refrescos mientras esperaban.

SIN ESCAPAR

Sin ESCAPAR.

Mientras el suelo bajo sus pies

GOLPE, GOLPE, GOLPE, GOLPE
GOLPE, GOLPE, GOLPE, GOLPE
GOLPE, GOLPE, GOLPE, GOLPE
Luego, al golpeteo siguió el tamborileo.
Luego, un retumbar.
"¡Vienen las Furias! ¡Llegan las Furias! Llegan las Furias!"

✳✳✳

"¡VAMOS FUERA!" EXCLAMÓ E-Z. "¡Y enfrentémonos a ellos de frente!" Abrió la puerta principal de par en par, de modo que chocó contra la pared.

Brandy, Lia, Haruto, Charles y Alfred estaban detrás de él, preparados para entrar en acción en cuanto se les ordenara.

Miró por encima del hombro, para ver a Sam y Samantha que salían. "Vosotros no", dijo. "Los bebés os necesitan dentro. Déjanoslo a nosotros".

Sam y Samantha se retiraron.

Ahora los cuatro soldados estaban uno junto al otro en el jardín delantero, esperando. A un extraño le habrían parecido un grupo de niños esperando a que llegara el autobús escolar en un día normal de colegio. Pero no era un día normal. Era el Armagedón.

Los brazos de Lia se agitaron y temblaron mientras buscaba en su mente, se abría a su mente, con la esperanza de descifrar que sus superpoderes le permitirían acceder a las mentes de Las Furias. Que sería capaz de ponerse en marcha y encontrar alguna pista, alguna información que ayudara a su equipo... pero su mente permanecía en blanco.

Alfred dijo: "Volaré hasta el tejado. A ver qué veo".

E-Z asintió. "Mantente a salvo. Ah, y mira a ver si encuentras a Lachie y a Sobo". Ya había visto al unicornio y al dragón volando por encima de ellos. Les hizo un gesto con el pulgar.

Un fuerte silbido, y Bebé se lanzó al vacío, Lachie saltó sobre su lomo y juntos se unieron a Alfred en el tejado. Un búho aterrizó junto a ellos.

"Es Sobo", dijo Lachie.

"¿Ves algo?" preguntó E-Z.

Alfred batió las alas: "Viene hacia nosotros una plataforma gigantesca del tamaño de un iceberg, pero se mueve deprisa".

E-Z intentó imaginárselo en su mente, pero no pudo porque ¿cómo demonios iban a detener él y su equipo algo así? ¿Cómo?

"Se mueve hacia nosotros como un tsunami", dijo Alfred.

"Pero no está hecho de agua", dijo Lachie. "Parecía hecha de arena. Una ola de arena. Llevando a tres mujeres vestidas de negro".

Una ola de arena, sí, ahora podía imaginárselo. "¿TIEMPO ESTIMADO DE LLEGADA? Quiero decir, ¿tiempo estimado de llegada?" preguntó E-Z.

"Es difícil saberlo", dijo Alfred. "Minutos..."

Mientras tanto, bajo sus pies, el suelo seguía tamborileando.

Y retumbando.

"¡Vienen las Furias! ¡Llegan las Furias! ¡Llegan las Furias!

✳✳✳

"¡Entra!" gritó E-Z a los vecinos entrometidos. "Cerrad las puertas, echadles el cerrojo. Y que alguien ponga un aviso en las redes sociales. Diles a todos que permanezcan dentro. Diles que no vuelvan a salir hasta que yo les dé el visto bueno. Ahora vete".

SLAM.

SLAM.

Por encima de su hombro, Alfred, un búho, Lachie y Bebé miraban hacia fuera, observando cómo el ondulante cerraba la distancia entre Las Furias y su equipo, mientras la Pequeña Dorrit vigilaba desde lo alto.

Era demasiado tarde para trazar un plan. Demasiado tarde para hacer otra cosa que esperar estar preparados, mientras el viento los azotaba y empujaba y la tierra golpeaba en sincronía con los latidos de sus corazones.

CRASH.

Detrás de él, la puerta principal se rompió y salió volando de sus goznes. Rebotó y traqueteó a lo largo de la calle antes de caer de bruces.

Sam salió. E-Z giró su silla hacia él, sin creer lo que veía.

Sam se había montado un disfraz, o varios disfraces, creando su propio personaje de superhéroe. En la cabeza llevaba un casco de caballero con la máscara levantada. Cuando avanzaba, descendía y tenía que volver a colocarla en su sitio. Se había pintado los ojos de negro, como los jugadores de béisbol, para eliminar el resplandor de las ojeras. Tenía el pecho abultado, como si llevara un chaleco antibalas bajo la camisa, y por detrás llevaba una larga capa negra. En la parte inferior llevaba unos vaqueros negros y sus zapatillas de correr favoritas.

El equipo de superhéroes trató de no reírse mientras se abría paso junto a ellos, y se dieron cuenta de que su nombre de superhéroe -SAM EL HOMBRE- estaba cosido en la tela que le cruzaba los hombros.

La pequeña Dorrit se zambulló y se echó a Brandy a la espalda. A continuación, Lachie saltó a la espalda de Baby y despegó. Miró hacia el tejado. La Pequeña Dorrit ya no estaba allí. Alfred y el búho se elevaron del tejado. Todos aterrizaron junto a E-Z y los demás.

"¡Todos para uno!", dijeron. "¡Y uno para todos!"

"¿Pero dónde está mi Sobo?" preguntó Haruto.

Sobo voló hasta su hombro e inmediatamente supo que era ella. Entonces se transformó en su forma humana.

El equipo de niños había visto cómo Sam el Tío se convertía en Sam el Hombre, y cómo Sobo se transformaba de búho en abuela, pero a ninguno de ellos le inmutó.

Porque bajo sus pies el suelo seguía TAMBOREANDO.

Y TAMBOREANDO.

Pero las palabras habían cambiado.

"Las Furias ya casi están aquí.

Las Furias ya casi están aquí.

Las Furias ya casi están aquí".

✳✳✳

E-Z Y SU EQUIPO observaron cómo se acercaba la gigantesca ola de arena, semejante a un transatlántico entrando en un puerto. Pero esta cosa arrasaba las calles, aplastando casas, árboles y todo ser vivo a su paso. Y no iba más despacio.

No había tiempo suficiente para que despegaran, además, estaban aturdidos por el enorme tamaño de la cosa. Se detuvo, y Las Furias reinaron sobre ellos, con sus voces chillando de risa mientras posaban sus ojos en sus enemigos por primera vez.

"¿Son reales?" preguntó Tisi. "Parecen muñecas en miniatura esperando a que las pisen".

"Veo que tienen un dragón y un unicornio. Y un cisne. Madre mía!" chilló Ali.

"Recuerda por qué estamos aquí", dijo Meg. "Ahora portaos bien, mientras yo bajo a hablar con el líder. ¿Cómo se llamaba?"

"E-Zed", chilló Tisi.

"E-Zed", gritó Ali.

Juntos dijeron el nombre E-ZED, E-ZED, E-ZED".

"Te están llamando E-Z", dijo Brandy, mientras pataleaba.

"¡No!" gritó E-Z. "¡Espera mi orden!" Pero era demasiado tarde, Little Dorrit y Brandy ya estaban volando, pero no fueron muy lejos, ya que encontraron un lugar en el tejado.

E-Z y el resto del equipo se mantuvieron firmes.

"¿A qué están esperando?" preguntó Sam.

Charles dijo: "Esperan que su hedor haga el trabajo por ellos". Sonrió y todos rieron. Todos menos Sobo, que se transformó de nuevo en su estado de búho y subió volando al tejado junto a Brandy y la Pequeña Dorrit.

Las Furias, que tenían un oído excelente y que tenían un plan y se proponían seguirlo, no apreciaron ser el blanco de las bromas de los niños superhéroes y, una a una, alzaron el vuelo. A medida que se acercaban, el hedor aumentaba al agitarse sus negras túnicas con la brisa.

"¡Atrapa!" gritó Lachie, lanzando pinzas de la ropa a cada miembro del equipo.

Las ya no tan apestosas brujas volaron más cerca, para que los niños de abajo pudieran verlas con más detalle. En persona eran más grandes que la vida, literalmente, debido a las serpientes que se deslizaban y resbalaban por todos aquellos cuerpos. Las serpientes que escupían lenguas bífidas iban acompañadas del sonido de los látigos al chasquear, en un extraordinario despliegue de guerra psicológica.

Fue Meg, según el plan original, quien rompió el hielo, chillando: "¿Dónde está Eriel? ¡Sabemos que lo tenéis! Dánoslo, AHORA".

El agudo sonido de su voz chillona hizo que los niños se taparan los oídos, mientras objetos de cristal como farolas, luces de porche, ventanas e incluso cristales de armarios se hacían añicos a lo largo de kilómetros y kilómetros.

Cuando estuvo seguro de que Meg ya no hablaba (puesto que tenía la boca cerrada), E-Z respondió: "Es donde se encierra a los traidores. Así que ya podéis arrastraros de vuelta al agujero del que salisteis los tres". Y cuando terminó de hablar, el suyo se elevó del suelo, seguido por Alfred, Sobo, Little Dorrit y Brandy Baby con Lachie a bordo.

"Éste es nuestro territorio. Esta es nuestra gente, y tú no tienes nada que hacer aquí. De hecho, no tenéis nada que hacer aquí en la Tierra. Nunca lo tuvisteis. No pertenecéis a este lugar", dijo E-Z. "Y estamos hartos de vuestra manipulación. Te has pasado de la raya. Has abusado de tus poderes. Eres despreciable. Y vamos a hacer que respondas por ello".

"¿Qué nos va a hacer un niñato como tú?". gritó Tisi, que se había instalado junto a Meg, "¿atropellarnos?".

Su chillido de risa llenó el aire, haciendo que el suelo bajo los pies del resto del equipo se abriera en brechas. Lia, Haruto, Charles y Sam se acurrucaron entre los huecos para ponerse a salvo.

Meg se unió a la diversión de los insultos: "¿Quizá el cisne nos haga cosquillas hasta matarnos? Por supuesto, podemos desplumarlo... ¡y comérnoslo para comer!".

Los miembros no voladores del equipo se apiñaron aún más. Haruto, que podría haberse alejado girando, estaba demasiado asustado para moverse. Se mantenía alejado de los huecos abiertos en la tierra que amenazaban con tragárselos.

"Y tú, pequeña", le dijo Alli a Lia. "Intentamos fundirte al sol. Aquella vez te escapaste. Pero ¿qué vas a hacernos ahora? ¿Nos mirarás fijamente con tus manos y nos convertirás en estatuas?".

Las Furias volvieron a chillar de risa, mientras la tierra bajo ellas se contraía, como si intentara dar a luz a algo.

"Ya me aburro", dijo Meg.

Las otras dos hermanas estaban inusualmente calladas, como si no estuvieran seguras de cuál debía ser su siguiente movimiento.

"Meg voló un poco más cerca de E-Z, con las manos en las caderas: "¡Estamos perdiendo el tiempo aquí! Hoy no hemos venido a luchar contra ti. No sin nuestro líder. Lo único que queremos saber es: ¿dónde está? Dejadle marchar. Que se vaya ya. Y dejaremos la batalla para otro día".

"Eso os gustaría, ¿verdad?" gritó Alfred.

Y Alli se puso furiosa.

"Ven a mí pequeña swanny swanny. El caldero te está esperando, monstruo emplumado".

"¡Es un cisne, no un ganso, idiota!" dijo Brandy, mientras dirigía a Little Dorrit hacia ella.

E-Z, feliz por la distracción, recibió un mensaje de PJ y Arden, y le hizo a Haruto la señal del pulgar hacia arriba.

Haruto se hizo invisible y corrió a toda velocidad hacia el hospital, donde se reunió con PJ y Arden, que ya estaban dentro del juego esperando. Ahora cada uno de ellos hizo una matanza. Cuando Haruto llegó, hicieron dos muertes más.

La codicia de las Furias por conseguir más almas de niños, envió sus esencias al juego.

"¡Te tenemos!" gritaron las tres diosas.

"¡Ahora!" gritó PJ, mientras Arden pulsaba GUARDAR en el USB, y cuando estuvo guardado, pulsó EXPULSAR. Cerró el USB con cinta adhesiva y lo metió en una bolsa hermética.

"¡Lleva esto a E-Z!" dijo Arden.

Haruto llegó al suelo, hizo una señal a su abuela, que cogió el USB con el pico y se lo llevó a E-Z.

PJ envió un mensaje. "Las esencias de las Furias están en el USB".

E-Z guardó el USB en el bolsillo de sus vaqueros, y la siguiente vez que miró a Las Furias, la visión de las gafas de Rafael se había alterado. Los cuerpos de las tres hermanas se desvanecían, pero las serpientes no. Fue entonces cuando se dio cuenta de cuál era su Talón de Aquiles. "¡Las serpientes las mantienen con vida!", gritó. "Tenemos que acabar con las serpientes".

Brandy ya estaba lo bastante cerca para golpear a Alli. Por desgracia, también estaba lo bastante cerca para que la serpiente de Alli la mordiera, y así fue. Se desplomó y la Pequeña Dorrit echó a correr, pero era demasiado tarde, Brandy ya estaba muerta.

"¡Sácala de aquí!" gritó E-Z, y Little Dorrit despegó hacia el cielo sollozando.

"Se pondrá bien", dijo E-Z.

"No creas", se rió Alli. "Nuestras serpientes no son de este mundo. Si te muerde una de ellas, por muchos poderes que tengas no funcionarán. Pero nos quedaremos a esperar, si quieres... Entonces, cuando no vuelva, ¡volaremos en pedazos al resto de tu equipo!".

"¡Zorras!" exclamó E-Z.

Sobo entró en acción, atacando y arrancando uno a uno los ojos de serpiente y tirándolos al suelo. Cuando hubo acabado con Alli, siguió con Meg y luego con Tisi. Cuando terminó su tarea, la abuela estaba demasiado agotada para hacer otra cosa que aterrizar junto a su nieto y volver a su forma humana.

"Pero Sobo", dijo Haruto, "yo también quiero luchar".

"Deja que ellos hagan el resto", dijo ella. "Estoy demasiado cansada para cargar contigo".

Sobo y Haruto observaron cómo el resto del equipo acababa con las serpientes.

Las Furias abrían la boca y volvían a cerrarla, pero de ellas no emanaba ningún sonido. Además de quedarse sin voz y desvanecerse, sus cuerpos intentaban mantenerse a flote mientras la sangre de sus venas goteaba.

La silla de ruedas de E-Z se movía bajo ellos, atrapando las gotas y mezclando la sangre de Las Furias con las demás muestras que había recogido.

"Están muertos", confirmó E-Z, mientras las túnicas vacías de Las Furias flotaban como fantasmas negros hacia el suelo.

Pero aún no había terminado.

✷✷✷

D ETRÁS DE E-Z, LA ola de arena levantó la cabeza, y al ver los ojos perforados a su alrededor -los ojos de todos sus hijos-, esta madre de todas las serpientes cobró vida lentamente.

Sam, que fue el primero en detectar el movimiento, gritó: "¡Cuidado, E-Z!", y al no oír sus gritos, se unieron Lia, Charles, Haruto y Sobo.

Lachie oyó sus gritos y vio a la serpiente mientras se deslizaba hacia E-Z. Miró a la serpiente a los ojos y dijo: "¡NO!".

Durante un segundo o dos, la serpiente madre dejó de moverse, y parecía que había oído y comprendido la orden de Lachie, entonces él vio un parpadeo en sus ojos. "¡Agáchate E-Z!", gritó, mientras Baby abría la boca y disparaba fuego en dirección a E-Z y la serpiente madre.

El pelo de E-Z estaba en llamas, y lo apagó con una palmada, luego su silla cayó al suelo.

Baby siguió arrojando fuego a la serpiente madre gigante hasta que ésta quedó calcinada. En lugar del hedor que desprendían Las Furias, el aire se llenó ahora de un olor a pollo, como el que se encontraría en cualquier barbacoa de patio trasero.

"Uh, gracias Baby y a todos", dijo E-Z, mientras se pasaba los dedos por la mitad del pelo. Se había quitado la parte erizada.

"Volverá a crecer", dijo Sam, mientras el suelo bajo sus pies empezaba de nuevo a

TRONAR

Y TAMBOR

La silla de ruedas de E-Z se levantó del suelo por voluntad propia y empezó a hacer llover gotas de sangre sobre los cráteres que se habían abierto en el suelo.

"¿Qué está pasando?" preguntó Alfred.

Bajo él, su silla de ruedas seguía sangrando mientras le lanzaba chorros de un lugar a otro. "Una gotita aquí y otra allá", recitaba en su mente. En el suelo, su equipo decía las mismas palabras que daban vueltas en su cabeza: "Una gotita aquí y una gotita allá", y luego, juntos, terminaban el poema: "Una gotita, por todas partes", y volvían a empezar. Sacudió la cabeza... ¿le estaban leyendo la mente?

Bajo sus pies, la tierra continuaba.

TAMBOREANDO

BATIENDO.

CONVULSANDO.

CONTRAYÉNDOSE.

Lia se levantó del suelo, abriendo los brazos al máximo, con la cabeza echada hacia atrás y los ojos fijos en el cielo. Y por encima de ella, el cielo se abrió. Empezó a llover, pero al chocar contra el pavimento las manchas eran rojas. El cielo lloraba lágrimas sangrientas, mientras Lia se balanceaba y retorcía en el aire como una marioneta sin cuerda.

Los demás, sin incluir a Baby ni a Lachie, corrieron hacia el porche para escapar de la lluvia sangrienta, sin poder hacer nada por Lia, que seguía suspendida y en trance.

"Nos aseguraremos de que no se caiga", dijo E-Z, "los demás poneos a cubierto".

EMPUJONES.

EMPUJONES.

Luego hubo un relámpago.

Seguidos de truenos.

El arcángel Miguel atravesó la barrera y bajó volando hasta estar cerca de E-Z.

"Tengo entendido que tienes la situación bajo control", dijo Miguel.

"Sí, las esencias de Las Furias están en este USB".

"Lánzamelo", dijo Michael.

Como si estuviera lanzando una pelota de béisbol a segunda base, E-Z disparó el USB en dirección a Michael, que alargó la mano, lo atrapó y lo envolvió en hielo. "Yo Eriel tendré compañía", dijo Michael. "Todos permanecerán en el hielo durante el resto de la eternidad. Por cierto, ¡bien hecho a todos!". Luego, tan rápido como había venido, se marchó volando.

"¿Y Lia?" gritó E-Z, pero Miguel no respondió.

La tierra empezó a latir y a retorcerse a pesar de que Las Furias ya no estaban en ella, y la sangre ya no fluía del cielo ni de su silla de ruedas.

Lia seguía flotando con los ojos dirigidos al cielo, mientras éste se agitaba de lágrimas sangrientas a azul, y bajo sus pies los cráteres de tierra se curaban con hierba, árboles flores.

Entonces todo quedó en silencio, mientras Lia, aún en trance, volvía a flotar hacia el suelo. Postrada en el suelo, con los brazos aún abiertos, sintió la hierba en la espalda y sonrió de cansancio, mientras encogía de tamaño y volvía a su verdadera edad, que era de nueve años y medio.

"¿Estás bien?" preguntó E-Z, mientras el zorro, el arrendajo azul, el mapache, el cardenal y el ciervo se reunían a su alrededor.

Lia abrió los ojos y pudo ver a través de ellos. Se miró las manos y estaban como antes.

"Estoy bien", dijo, mientras Lachie la ayudaba a levantarse.

Sam se dio cuenta enseguida de que la ropa de su hija ya no le quedaba bien. Se quitó la capa de superhéroe y se la puso sobre los hombros.

"Gracias, papá", dijo Lia.

Era la primera vez que le llamaba así y él nunca se había sentido tan orgulloso mientras una lágrima corría por su mejilla.

✳✳✳

EL AZUL DEL CIELO parecía más brillante, como si las estrellas parpadearan aunque fuera de día, y la hierba del suelo parecía bailar bajo los rayos del sol como si contuviera rocío de diamante.

Ni E-Z ni ningún miembro de su equipo podían hablar. Nadie quería romper el silencio ni perturbar la belleza de la que eran testigos.

SUSURRO

SUSURRO SUSURRO.

SUSURRO SUSURRO SUSURRO.

Las hojas, agitadas por el viento. Haciendo un sonido parecido al humano. Pero no era el viento, era la voz de los niños de todo el mundo que renacían.

Los que habían sido raptados por Las Furias, sacaron sus cuerpos de la tierra y descubrieron que sus voces habían vuelto.

Los niños volvieron a aprender a andar, correr o gatear, y sus gritos resonaron en todo el mundo:

"¡Quiero a mi mamá!", gritaban los cuerpos renacidos pero sin alma de los niños.

"¡Quiero a mi papi!" gritaban con una sola voz aquellos niños resucitados:

"¡WAH, WAH, WAH!"

"¡WAH, WAH, WAH!"

"¡WAH, WAH, WAH!"

Los pequeños desalmados se movían hacia los bordes, viajaban a los lugares, sus movimientos eran más rápidos que la velocidad de la luz mientras seguían gimiendo:

"¡Quiero a mi mamá!"

"¡Quiero a mi papi!"

"¡WAH, WAH, WAH!"

"¡WAH, WAH, WAH!"

"¡WAH, WAH, WAH!"

En el Valle de la Muerte, donde se guardaban y almacenaban los Atrapasalmas,

POP

POP

Las puertas se abrieron volando, como brazos, y las almas salieron, buscando los cuerpos en los que aún debían estar y siguieron los gritos de los niños.

"¡Quiero a mi mamá!"

"¡Quiero a mi papi!"

"¡WAH, WAH, WAH!"

"¡WAH, WAH, WAH!"

"¡WAH, WAH, WAH!"

Las almas volaban de niño en niño. Buscando el hogar al que pertenecían. Era como ver a unos niños jugando al pilla-pilla, mientras cada alma se acercaba y entraba en el cuerpo en el que había nacido. Mientras las almas y los cuerpos volvían a ser uno.

SHHHHHHH.

Por un instante, los pequeños volvieron a ser niños felices y sonidos de deleite llenaron el aire.

De vuelta en el Valle de la Muerte, Hadz y Reiki redirigieron a las almas sin hogar de todo el mundo que se habían escondido al no tener Atrapasalmas propios. Una a una, las almas entraron y la tierra empezó a curarse.

Samantha salió de la casa, llevando a sus bebés Jack y Jill en brazos mientras les cantaba suavemente: "Calla pequeño bebé no llores".

POP.

POP.

Hadz y Reiki aparecieron: "¡Lo hemos conseguido!".

E-Z y su equipo se abrazaron. Lloraron, rieron. Luego volvieron a llorar, por la pérdida de uno de los suyos. Por la pérdida de uno de los suyos: Brandy.

El teléfono de Lia sonó. Era un mensaje de Brandy: "He llegado al centro comercial, ¡otra vez! Espero que todo el mundo esté bien y que hayamos vencido a esas brujas".

"¡Brandy está viva!" explicó Lia, y luego contestó: "¡Claro que sí! Luego te cuento los detalles".

"AHRHHRGHHH!" gritó Charles Dickens. Su cuerpo se estremecía y temblaba. Cuando paró, estaba en trance, con la mirada inexpresiva y las manos extendidas con las palmas hacia arriba.

"¿Me está haciendo ojitos con las manos?" inquirió Lia.

Cuando un libro -el mayor volumen de tapa dura que habían visto nunca- cayó del cielo y aterrizó en los brazos de Charles, su fuerza casi le hizo perder el equilibrio. Charles se estabilizó, mientras el enorme libro se abría, pasando sus propias páginas hasta que sonó una voz procedente de su interior:

"Soy el Cuaderno de Viajes a Mundos Alternos".

Aunque la voz procedía del interior del libro, los labios de Charles Dickens se movían en sincronía con cada palabra, mientras de fondo seguían sonando los gritos de los niños:

"¡WAH, WAH, WAH!"

"¡WAH, WAH, WAH!"

"¡WAH, WAH, WAH!"

"¡Quiero a mi mamá!"

"¡Quiero a mi papi!"

"¡WAH, WAH, WAH!"

"¡WAH, WAH, WAH!"

"¡WAH, WAH, WAH!"

"¡Tengo hambre!"

"¡Tengo sed!"

Los niños que vivían más cerca de la casa de E-Z, marcharon codo con codo hacia ella.

"¡Escuchadme ahora!" soliloquió el Viajero de Mundos Alternos.

"Ésta es una oferta única.

Si eres elegido, debes elegir.

Sólo una vez, ganes o pierdas.

No dejes escapar esta oportunidad.

Porque no volverá a ocurrir, en ningún otro día".

Las páginas pasaron hacia delante y luego hacia atrás. Avanzaban y retrocedían. El movimiento se detuvo en un capítulo. Un capítulo titulado Alfred. Y había fotos de él, con su familia. Todos mayores. Todos sanos y saludables. Ya no era Alfred, el cisne trompetista de las fotos. Era Alfred el padre, el marido, el hombre.

Con lágrimas en los ojos, Alfred miró a E-Z. La mirada que compartían lo decía todo. Tenía que irse. E-Z asintió.

Entonces Alfred se volvió hacia Lia. Ella también asintió, sabiendo que él tenía que irse.

Alfred, el cisne trompetista, entró en el capítulo que llevaba su nombre y volvió a transformarse en hombre. Y desde el interior de las páginas del Cuaderno de Viaje de los Mundos Alternos, saludó a sus amigos.

Ahora las páginas del Cuaderno de Viajes a Mundos Alternos volvieron al principio del libro. Las páginas pasaron, una y otra vez, hacia delante y hacia atrás, hacia atrás y hacia delante, y finalmente se detuvieron en un nuevo capítulo. Un capítulo que llevaba el nombre de Lachie.

En la foto, Lachie era un bebé. Sus padres lo llevaban a casa desde el hospital. El bebé de la foto llevaba un brazalete del hospital que revelaba que el verdadero nombre de Lachie era Andrew.

"No, gracias", dijo Lachie. "El bebé y yo nos iremos pronto a casa".

El Cuaderno de Viajes de Mundos Alternos se cerró de golpe con tanta fuerza que Charles estuvo a punto de caerse. Se recuperó, e instantes después el libro volvió a hojearse. Hacia atrás, hacia delante. Barajando las páginas como si fuera una baraja de cartas, hasta que aterrizó en el capítulo titulado Haruto. En la foto, estaba con su madre y su padre.

"No, gracias", dijo Haruto inmediatamente. Cogió la mano de Sobo entre las suyas y le dijo a Lachie: "¿Te importaría dejarnos en Japón de camino a casa?".

Lachie asintió: "Me alegro de tener compañía".

Esta vez salieron llamas del libro antes de que se cerrara, y Charles estuvo a punto de dejarlo caer.

Los gritos sin respuesta de los niños continuaron, haciéndose más fuertes a medida que se acercaban a la casa de E-Z:

"¡Quiero a mi mamá!"

"¡Quiero a mi papá!"

"¡Tengo hambre!"

"¡Tengo sed!"

"¡WAH, WAH, WAH!"

"¡WAH, WAH, WAH!"

"¡WAH, WAH, WAH!"

Charles cerró los ojos.

"¿Ya está? preguntó E-Z.

"¿Y nosotros?" preguntó Lia.

Los brazos de Charles empezaron a temblar. Como si el peso del libro le oprimiera los brazos. Entonces el libro se cerró de golpe, con tal intensidad que se tambaleó hacia delante y se sentó. Cruzó una pierna sobre la otra y acunó el libro contra su pecho.

Volvió a abrirse, al igual que los ojos de Carlos, y de nuevo las páginas se movieron, como las praderas marinas en el fondo del océano. Volvió a cerrarse de golpe. Luego se volvió del revés. En el centro del libro apareció un marco. Al principio estaba vacío, como si esperara algo. Luego parpadeó y empezó una película.

Ya había empezado un partido de béisbol en el estadio de los Dodgers. Los Dodgers jugaban contra los Brewers. Y E-Z Dickens era el catcher. Estaba detrás del plato y jugaba como un profesional. En las gradas estaban sus padres, justo encima del banquillo, animándole.

PAUSA EN LA TIERRA.

Durante unos segundos, la luz del sol quedó bloqueada cuando Ophaniel irrumpió en el cielo y se dirigió hacia ellos.

"E-Z, sólo quería decirte, antes de que tomes una decisión, que lo que decidas hacer, o no hacer, tendrá consecuencias para los demás".

"¿Como qué?", preguntó, sin apartar la vista de la versión enmarcada de sí mismo y sus padres, aunque ya no se movían en ella.

"Piensa en el accidente... ¿Qué no habría ocurrido, en el mundo, si tus padres nunca hubieran muerto? ¿Si nunca hubieras perdido el uso de las piernas?".

Miró en dirección a su tío Sam, luego a Samantha, Lia y las gemelas. Sin el accidente, ninguno de ellos se habría conocido. Los gemelos nunca habrían nacido.

"Si decido ir a vivir mi sueño, ¿qué pasará aquí?".

"Es un riesgo que tendrías que correr, y una respuesta que no puedo darte. Pero sí sé esto: tú eres el catalizador y el pegamento".

"De acuerdo, gracias por hacérmelo saber".

REANUDACIÓN DE LA TIERRA

Ophaniel se marchó.

"No, gracias", dijo E-Z.

Vio cómo él y sus padres se desvanecían. La pantalla se quedó en blanco. El marco desapareció y el libro empezó a elevarse. Arriba, arriba, fuera de los brazos de Charles.

Charles se quedó de pie como si aún lo estuviera sosteniendo. Con la mirada fija en la nada.

Cuando estuvo muy por encima de ellos, el libro estalló en llamas. Chisporroteó y creó un hedor antes de que sus restos fueran lo bastante pequeños como para que el viento los levantara. Y el Cuaderno de Viaje a Mundos Alternos dejó de existir.

Charles volvió en sí cuando los niños llegaron en masa a la calle de E-Z.

"¡Quiero a mi mamá!"

"¡Quiero a mi papi!"

"¡Tengo hambre!"

"¡Tengo sed!"

"¡WAH, WAH, WAH!"

"¡WAH, WAH, WAH!"

"¡WAH, WAH, WAH!"

"¿Puedo contarles un cuento?" preguntó Charles.

"No vendría mal", dijo Lia.

Charles empezó a contar el cuento de Las Tres Piedras. Los niños dejaron de moverse, de llorar y de estar pendientes de todas y cada una de sus palabras, hasta que se detuvo bruscamente.

"¡Oh, qué fastidio!", gritó, dándose cuenta de que cada parte de él se desvanecía como si la tierra tuviera problemas para transmitir su señal.

"¡Espera!" dijo E-Z. "¿Tienes algún consejo para un colega escritor?".

"Hay libros en los que los lomos y las cubiertas son las mejores partes: no dejes que el tuyo sea uno de esos. Los echaré de menos".

Algunos dicen que en ese preciso momento, un rayo de luz descendió, lo levantó del suelo y se llevó a Charles Dickens hacia el cielo. Otros dicen que se alejó montado en la Pequeña Dorrit y que nunca se volvió a ver a ninguno de los dos. Lo único que sabían con certeza era que Charles Dickens les abandonó aquel día y que nunca se le volvió a ver.

"¡WAH, WAH, WAH!"

"¡WAH, WAH, WAH!"

"¡WAH, WAH, WAH!"

FIZZLE POP

Llegó un Atrapaalmas. Abrió la puerta de par en par y disparó petardos al aire.

A algunos bebés les asustó el ruido y a otros les encantó, en todos los casos dejaron de llorar.

Mientras disparaba colores al aire, se fundieron para decir lo siguiente

SAL FUERA SAL FUERA

¡ESTÉS DONDE ESTÉS!

"¿Qué quiere?" preguntó E-Z. "¿O debería decir QUIÉN quiere?".

"¿Soy yo?" preguntó Sobo.

"No, es para mí", dijo una voz detrás de ellos. Era la voz de Rosalie.

Todos se volvieron hacia algo, esperando ver un fantasma o un espíritu, pero lo que vieron no era ninguna de esas dos cosas. Era la esencia de Rosalie... eso era todo lo que sabían.

"¡Adiós, querida Rosalie!" llamó Sobo.

Fue toda una despedida para la esencia de la querida Rosalie, con E-Z y su equipo gritando, saludando, lanzando besos y vitoreándola. Fue una auténtica celebración de todo lo que ella había significado para ellos, mientras sus queridos amigos entraban en su Atrapaalmas y éste se alejaba volando.

Ahora que Charles se había ido, los niños reanudaron sus gritos,

"¡WAH, WAH, WAH!"

"¡WAH, WAH, WAH!"

"¡WAH, WAH, WAH!"

De fondo se oía un nuevo sonido. El sonido de pies, muchos pies, corriendo... deprisa.

A medida que fluían hacia la calle de E-Z, las mamás y los papás y los niños se reunían con sus seres queridos, y esta reunificación se producía en toda la tierra.

"¡Bravo!" dijo E-Z a su equipo.

Se despidieron con la mano mientras Lachie, Baby, Haruto y Sobo se alejaban volando.

Ahora sólo quedaban E-Z y Lia.

¡ZAP!

Llegó la primera Poppet.

¡BONJOUR!

Seguida de François.

"Ah, llegamos tarde", dijo. "¡Nos lo hemos perdido todo!"

Desde el interior de la casa se oyeron los gritos de Samantha. "¡Oh, no, les pasa algo a los bebés!".

Todos corrieron al interior, a la habitación de los bebés. Jack y Jill estaban profundamente dormidos.

Sam rodeó a su mujer con el brazo. "A mí me parece que están bien", susurró.

"¡Pero no están bien!" dijo Samantha.

"Todo irá bien", dijo Sam.

"A mí también me parecen bien", dijo E-Z.

"Tú sólo espera", dijo Samantha. "Espera y verás. No habría gritado a menos que..." se tambaleó y se tambaleó como si fuera a caerse.

Todos miraron y esperaron. No ocurrió nada durante diez, quince, veinte o incluso treinta minutos.

Entonces, de repente, ocurrió algo.

Una luz amarilla y otra verde emanaron de los pequeños cuerpos de Jack y Jill.

"¿Hadz? ¿Reiki?" exclamó E-Z.

POP.

POP.

Jack y Jill se sentaron, como podrían hacer los bebés mayores. Cosa que Jack y Jill aún no podían hacer.

Samantha se desmayó, mientras Sam la cogía.

"¿Qué demonios estáis haciendo?" Preguntó E-Z. "¡Salid de ahí, ahora!"

Hadz dijo: "Como recompensa pedimos ser humanos".

"Reiki" dijo: "Y necesitábamos cuerpos".

"Oh, hermano", dijo E-Z, cuando llamaron a la puerta principal.

"¿Hay alguien en casa?" preguntaron PJ y Arden.

EPÍLOGO

E-Z TECLEÓ LAS PALABRAS EL FIN. Satisfecho con su logro de completar una serie de cuatro libros, cerró el portátil.

"¡Date prisa, E-Z!", gritó un hombre detrás de él.

E-Z se quitó la máscara de receptor y echó un vistazo. Estaba detrás del plato, como receptor de los Dodgers de Los Ángeles. El árbitro estaba limpiando el plato. Se levantó y se dirigió al banquillo, ya que era el último jugador en salir del campo.

Reconoció a algunos de los jugadores, mientras avanzaba por el banquillo siguiéndolos de cerca.

Se pasó los dedos por el pelo, que era rubio. Era más corto y lo llevaba más corto que nunca. Y era más alto, definitivamente más de 1,90 m.

¿Qué demonios estaba pasando? ¿Estaba dormido? Se pellizcó. Le dolía.

"¡Estás en cubierta, E-Z!", gritó el entrenador de bateo.

Buscó un monitor y miró su reflejo. Se miró a sí mismo, como si fuéra un extraño.

"Tierra a E-Z", dijo su entrenador.

"Lo siento, entrenador", dijo E-Z, mientras se dirigía hacia el hangar de equipos del banquillo. Su bate estaba etiquetado, al igual que el resto de su equipo. Se lo puso y entró en el círculo de cubierta.

Se ajustó las coderas y se preparó para el primer lanzamiento. Junto con su compañero de equipo en el plato, hizo un par de lanzamientos de práctica. Mientras esperaba, le llamó la atención un movimiento en las gradas detrás del banquillo. Su madre y su padre.

"¡A por ellos, hijo!", gritó su padre.

Levantó el pulgar hacia sus padres y vio cómo su compañero hacía un sencillo y llegaba sano y salvo a primera base.

E-Z entró en la caja de bateo, pidió tiempo, volvió a salir y respiró hondo unas cuantas veces.

Contrólate, se dijo a sí mismo. No quiero defraudar al equipo. Concéntrate. Concéntrate.

Levantó el brazo para indicar al árbitro que estaba preparado y volvió al plato.

"¡Vamos, E-Z!", le gritó su madre.

Se concentró y vio pasar el primer lanzamiento. Probablemente a más de cien kilómetros por hora. Se preparó para el segundo lanzamiento. Lanzó y falló. Su compañero robó una base y llegó a salvo a segunda.

Esto es demasiado. No estoy preparado. Tengo que despertarme. Tengo que despertarme, AHORA.

El segundo lanzamiento pasó volando. Se balanceó pero no conectó. Llegó el tercer lanzamiento y conectó con él. Vio cómo su compañero intentaba llegar a tercera, pero fue expulsado. Estuvo a punto de llegar a primera a tiempo, pero el otro equipo consiguió un doble play. Con dos fuera, volvió al banquillo para ponerse el equipo de recepción.

"¡Los cogerás la próxima vez!", le dijo su padre.

Aunque no llegó a la base, estaba en su sueño. Viviendo su sueño. ¿Pero cómo? Había rechazado la oferta del Diario de Viaje de Mundos Alternativos.

¡Sácame de aquí! ¡No lo quiero así! ¿Dónde está el tío Sam? ¿Dónde está Lia? ¿Dónde están los gemelos?

Su cabeza se llenó de risas mientras caía al suelo, y siguió cayendo. Hasta que aterrizó con un golpe seco en un suelo de madera, en una cabaña o en una choza. A los pocos segundos de su aterrizaje, estalló en llamas.

Al otro lado de la habitación había una niña. Al principio pensó que era Lia, pero esta niña era pelirroja. Intentó despertarla, pero no se movió.

Detrás de él, la puerta principal salió despedida de sus goznes. Entró una figura oscura, envuelta en un sudario, y otra más baja, encapuchada. Entre los dos sacaron a la muchacha al exterior.

"¡Ayúdame!", gritó.

"¡Ayúdate!", dijo una voz de mujer, la más alta de las dos figuras, mientras las paredes empezaban a derrumbarse a su alrededor.

Estaba de nuevo en el estadio, de espaldas en el suelo, mirando a los ojos de sus padres.

"Te pondrás bien", le arrullaron.

Agradecimientos

Bueno, hemos llegado al final de la serie E-Z Dickens. Espero que os haya gustado leerla tanto como a mí escribirla.

Ya que me habéis acompañado a lo largo de esta serie, mi GRACIAS final es para vosotros, mis lectores. ¡Sois increíbles!

Como siempre, ¡feliz lectura!

Cathy

Sobre el autor

Cathy McGough vive y escribe en
Ontario, Canadá, con su marido, su hijo, sus dos gatos
y un perro.
Si quieres enviar un correo electrónico a Cathy
puedes ponerte en contacto con ella aquí:
cathy@cathymcgough.com
A Cathy le encanta
sus lectores.

También por:

www.ingramcontent.com/pod-product-compliance
Lightning Source LLC
Chambersburg PA
CBHW070531310726
48976CB00002BA/600